디자인하우스 센텐스

디자인하우스 센텐스

함기석 시집

민음의 시 269

민음사

시간은 분기하는 통로, 지진 중인 눈

(0) 1 2 3 4 5 ……

on=off, 무한 공간 실험실

2020년 봄
함기석

차례

3공간

4공간

5공간

1공간

낱말 케이크

새의 생일이다
케이크에 촛불을 달고
소녀 이크는 기다린다

한 시간
두 시간
세 시간이 지나도
새는 오지 않고 노을이 번져 온다

소녀는 살짝
손가락으로 케이크를 먹는다
한 번
두 번
세 번
저녁의 눈동자를 파먹는다

케이크를 뒤덮은
하얀 생크림 빛들이 없어지자
노을의 발자국만 남은 지평 끝에서

날아온다
가
먼저 날아온다
새는 아직 오지 않는다

한 시간
두 시간
세 시간이 또 지나도
새는 오지 않고 어둠이 번져 온다

소녀는 왈칵
울음을 터트린다
한 번
두 번
세 번
저녁의 눈동자가 꽃을 터트린다

소녀는 훌쩍거리며
반대편 손가락으로 케이크에 박힌

체리를 먹는다
건포도를 먹는다
새를 위해 배달된
접시 위의 구름을 먹는다
물병 속의 달을 마신다

그러자 새가 날아온다
하늘을 버리고
지평을 버리고
날개를 버리고
새는 새마저 버리고 어둠 속을 날아온다

이크가 웃는다
촛불이 환하게 웃는다
반짝반짝 빙글빙글 식탁을 돌며
접시들이 춤춘다
술잔들이 춤춘다

이크, 이크, 이크,

아이의 머리에 앉아 새가 웃고
앞니를 하얗게 드러내고
웃는다가 웃는다

파티가 시작된다

백 년 동안의 웃음

포도나무
아래는
3행이다 미끈미끈 할머니께 아침저녁으로 지청구 듣는

놀고 있다
가
놀고 있다 발바닥에 비누칠하고 호호 비눗방울 불면서
영감탱이처럼

죽어 있다
가
죽어 있다 등에 죽창 구멍 뚫린 채 백 년 동안

구름에서 달걀들이 쏟아진다
와
빨간 털모자 쓰고 촐랑촐랑 눈이 내린다
와
똑같은 모습으로 백 년 만에 첫, 할머니 눈이 내린다

와!
3행에서 죽은 할머니가
자라목을 쏙 내밀고 목적어를 부르자
나팔꽃 꽃눈 흐드러진 초가집 변소에서 할아버지 주어가
엉덩이부터 나온다

엉거주춤 바지를 올리며
눈 덮인 칠흑 세상 사방팔방 두리번거리다, 에잇!
3행으로 쏙 들어가, 백 년 동안
미끄러진다

말, 말, 말, 말들이 말한다
잘 왔수 영감! 그동안 나 심심해서 죽을 뻔했수

3행에서 백골이 산 사람 틀니를 빼 들고
한 행
한 행
쪼글쪼글 웃는

크리스마스이브다
눈이 바쁜 제삿집 마당에서
눈이 예쁜 소녀 이브는 눈사람 아담을 만들고

눈이 나쁜 나는
눈사람이 꽈리 참새 두 마리가 되어
지평선 너머 세계의 끝, 인간의 마을로 날아가는 것을
본다

노란 조등 걸린 감나무 대문 앞
백 년 신혼 귀신 한 쌍이 짜글짜글 웃으며 손을 흔들고
눈 내리는 대나무 밭
한 칸
아래

두 칸 무덤에서
밤하늘이 피 끓는 소리로 울고 있다

새를 위한 목적어 침대

새가 난다
쉴 곳을 찾아 도시 상공의 1연을 난다
다음 문장의 공원으로 날아간다
도착해 보니 도축장이다
다음 문장의 놀이터로 날아간다
도착해 보니 사격장이다
포수가 총을 들고 서 있다
새는 놀라 도망친다

새가 운다
날개 아픈 새가 쉴 곳이 없어 운다
병원 창가 2연에서 휠체어 탄 아이 코코가 바라본다
외로운 새에게 말한다
외톨이 새 아무야 울지 마! 새가 날면 주어가 날아
얼룩말이 날고 주전자가 날아
우체통도 날고 집도 나무도 젖소들도 함께 날아

새가 웃는다
지친 새가 구름 옆의 3연에서 웃는다

아이는 새를 위해 선물을 놓는다
까마득한 공중에 살며시 목적어 침대를 놓는다
침대 곁에 풍금을 놓고 나팔꽃 화분을 놓는다
새가 환하게 웃는다
코코에게 고맙다고 윙크하고는
침대 속으로 쏙 들어가 달콤한 잠에 빠진다

새가 잠든 사이
나팔꽃 속에서 하얀 손이 나와 풍금을 연주한다
음악에 맞춰 핑 퐁 핑 퐁
젖소들이 나무들이 바람과 춤추고
침대 끝에서 새의 꿈이 하얗게 흘러내린다
새장 같은 아이의 병실 창밖
어둠에 가려 보이지 않는 5연의 연못으로
방울방울 파문을 그리며 떨어진다

미녀에게 없는 마녀의 점

장미는 쿨쿨
빨간 낮잠을 자고 있다
콧수염이 긴 마녀의 귓속 꽃밭에서

장미가 눈을 뜬다
꿈틀꿈틀 혀를 날름거리며 기어나온다
낱말 벽돌들이 견고히 쌓인 역사박물관 담 위로

하늘엔 흰 요강, 요강, 요강
요강들이 기울면서 내 머리로 무언가 쏟아진다

무채색 피다
이 한 컵의 순환하는 열대성 저기압 문장은

그림자, 시간과 망각된 몸이 흘러내린 2차원 육체

정오의 시계가 자정의 데칼코마니를 그리자
박물관 반대편으로
부채처럼 펼쳐지는 미녀들의 궁둥이

빈 컵에서
장미를 문 검은 새 날아오르고
뼈가 없지만 뼈 있는 것들을 살해하는 혀

땅의 하혈이 시작되고
담에 널린 미녀의 청바지들이
일제히 마녀의 파란 혀가 되어 깔깔거린다

사물 5음계

(아)
깊은 밤 파도가
내 방에 문상 왔다 돌아간 후 거울에 남겨 놓은
하얀 소금

(에)
자궁에서 흘러나오는 붉은 하늘
그림자들
낮의 것도 밤의 것도 아닌 사과의 배꼽

(이)
죽은 아기를 위해
보름달과 음표와 스마일 설탕을 넣어 만든
달걀프라이 조곡

(오)
그녀의 발등에 꽂힌 비
빗물나무 가지 끝에 핀 초록 물고기
나의 혀

(우)
무쇠 구름이 놓인 양팔저울
반대쪽 요강
흰 궁둥이들이 깔깔거리며 흘리는 겨울비

유머의 생일

죽음은 하얀 생크림 케이크
누가 핥고 있다
너의 음부인데
배꼽 닮은 꽃들이 웃고
가을의 궁둥이
밑엔

{   }
빈칸 공원
아무도 없다
흰 어둠 속에서 귀뚜라미 마리 혼자서 운다
오줌 누며 웃는 여배우처럼

자살 직전의 표정인
낱말 타일 계단
밑으로
통
통
통

떨어지는 손가락들 발가락들

놀란 변기가 날고
놀란 벤치가 날고
놀란 새들이 날고
배를 째는 웃음이 튀어나온다 벤다이어그램 닮은
살찐 호박 속에서

Happy Deathday to You!
너는 정원사 주어 나는 넝쿨장미 목적어, 우린
알파벳 애벌레

죽은 아이 머리를 단 애벌레들이
꼬물꼬물 꽃잎 춤출 때
사산된 샴쌍둥이가 버려진 꽃밭처럼 낭자한

이 한 칸
이 한 칸 속의 공집합
밑에는

자음과 모음이 검은 털로 뒤엉킨 유머 양의
찢긴 음부

썩고 있다
날씨가 구름이 뉴스가 돼지가
하늘을 나는 집
피살된 피 냄새를 풍기며 굳어 가는
딱딱한 말
딱딱한 눈물
딱한 눈이 딱 하나뿐인 유한 집합 도시

발기한 네 성기 닮은 빌딩들이
틀니 낀 해를 향해 웃는
가을의 오른쪽 궁둥이 옆의 찜질방 옆의 하천 옆의 코
스모스 옆의 토막 사체
밑에는
세 마리 구더기가 되어 꼬물거리는
이 한 칸
밤마다 어린 양 울음소릴 내며 악몽을 꾸는 마리

오렌지 공주가 사는 섬나라

열차가 달린다
딸기밭을 달린다
포도밭을 달린다
헐떡헐떡 달린다
통통한 배밭 지나
삐딱한 밀밭 지나
해변의 정거장에 도착하자
아이들이 우르르 쏟아져 나온다
우와! 아이들이 탄성을 지른다
바다 한가운데 진주 빛깔 산호섬이 보인다
아이들은 섬을 향해 헤엄치기 시작한다
바람이 분다
파도가 솟구친다
한 아이가 실종된다
두 아이가 실종된다
세 아이가 실종된다
바람은 점점 세어지고
파도는 높아진다
수많은 아이들이 실종된다

겨우 살아남은 아이들 몇만 섬에 도착한다
섬 입구에 돌로 쌓은
높디높은 성이 보인다
성문은 견고하게 잠겨 있다
아무리 두드려도 열리지 않는다
아이들은 땅바닥에 주저앉는다
그때 성에서 아주아주 예쁜
오렌지 공주의 목소리가 들려온다
신나게 춤을 춰 봐!
까불까불 재밌게 춤을 춰 봐!
아이들은 어리둥절한 표정을 지으며
뱅글뱅글 올챙이 춤을 춘다
움투툼~ 움투툼~ 꿈꿈꿈~
꿈속의 춤 속의 숨 속의 움(Um)!
움투툼~ 움투툼~ 움움움~
움(Womb) 속의 툼(Tomb) 속의 옴(Om)!
잠시 후, 공주의 목소리가 다시 들려온다
너! 젤로 멋지고 재밌게 춤을 춘 바로 너!
지목된 아이가 성문으로 다가가자

스르르 돌문이 열린다

아이가 쾌재를 부르며 성 안으로 들어가자

나머지 아이들은 땅을 치며 운다

성문이 닫힌다

수정이 성공적으로 이루어진다

무중력 데이

엄마가 춤춰요
엄마가 목장에서 춤춰요
앞발로 말뚝을 뺑 차고 오른쪽으로 핑글
뒷발로 울타릴 빵 차고 왼쪽으로 핑글

나도 따라 춤춰요
엄마 엉덩이 따라 핑글
엄마 젖을 따라 핑글
눈물이 돌고
풀밭이 돌고
하늘이 돌고

엄마가 웃어요
엄마의 젖은 눈이 오랜만에
팬지처럼 웃어요
오늘은 5월 0일
젖소 나라 엄마의 날

하루 종일 중력이 사라지는 날

하루 종일 슬픔이 사라지는 날

풀밭이 둥둥 떠올라요
집들이 둥둥 떠올라요
바위들이 둥둥 떠올라요
울타리도 말뚝도 우유 공장도 둥둥 떠올라
멀리멀리 날아가요

엄마가 춤춰요
이모들도 춤춰요
오이도 호박도 가지도 고추도 춤춰요
모두모두 풍선처럼 떠올라
핑글핑글 둥둥
핑글핑글 둥둥

타임커피숍 센텐스

내가 센텐스로 들어서자 말러의 음률이 흐르고
푸앵카레가 커피를 내리고 있다
당신이 주인입니까?
아닙니다, 저는 이 센텐스의 주어일 뿐입니다
천장과 바닥의 낯선 기하학 타일엔 크레용 낙서들
조물주는 왼손잡이라네, 살짝 삐뚤어진 고추~
Being in two places at once. Holy shit!

피아노에 방울토마토 닮은 예쁜 유리 어항이 놓여 있다
눈이 튀어나온 물고기 꽐라, 햇빛에 비늘이 반짝거린다
너도 주어니? 내가 묻자 꽐라가 대답한다
대답하기 싫은데요, 흥!
물고기가 휙 방향을 바꾸자 갑자기
센텐스 앞문과 뒷문이 바뀌고 벽들이 구불구불 휜다
컵도 꽃병도 테이블도 의자도 마구 뒤틀리고

시계는 엿가락처럼 휜다
창가에 혼자 앉아 책을 읽던 뼈다귀 유령 함기석
입이 좌우로 3미터쯤 늘어나 밀반죽처럼 구불거리다

손잡이 달린 프랑스 커피 잔 모양으로 변한다
푸앵카레가 내 쪽으로 걸어온다
손님, 어떤 타임 커피를 드시겠습니까?
블랙 화이트 레드 블루 옐로우 맘대로 고르세요

저희 가게는 아침엔 1형식, 점심엔 2형식, 저녁엔 3형식
밤엔 4형식, 자정엔 5형식, 자정 이후엔 6형식 라떼랑
7형식 에스프레소가 향이 좋습니다
마시면 바나나, 애플, 도롱뇽, 시소, 벙어리장갑이 되는
마시면 시어핀스키 삼각형(1.58차원)이나 코호 곡선(1.26
차원)처럼
소수 차원 사물이 되는 커피도 인기 있습니다

꽐라가 살살 꼬릴 흔들며 나를 꼬나본다
백만 년 전에 죽은 무덤 속 오르골 아가씨 쳐다보듯
꽐라가 살살 물의 우주를 몸으로 흔들며 나를 쳐다본다
저 장난꾸러기 물고기 진짜 이름이 뭡니까?
조물주라고 추측됩니다 내일 또는 당신

나는 메뉴판을 뒤적거리다 맨 아래쪽 기호를 가리킨다
내 죽음의 d차원 측도 Md(나)
이 무색 커피로 주세요
그때 유령이 스르르 모자이크 시계가 걸린 벽을 통과해
센텐스 밖으로 나간다
잠시 벽 틈에 궁둥이가 끼어 낑낑거리다가
정오의 정원과 오염된 땅을 지나
카운트다운 해변이 보이는 0차원 숲으로 들어간다

나는 조용히 일어나 그가 보던 책을 집어 든다
시집 『디자인하우스 센텐스』다
목차를 살펴보는데
타임커피숍 센텐스에서
365미터 떨어진 디자인하우스 센텐스
유리창 불빛이 빨갛게 반짝거린다
그 지붕 위 하늘에
새를 위한 목적어 침대가 놓여 있다

무한 빛깔 소녀 코코가 센텐스 뒷문으로 들어선다

천장을 따라 말러의 음률이 꿀물처럼 흐르고
푸앵카레가 커피를 내리자
물고기 꽐라가 휙 방향을 바꾼다 그러자 갑자기
벽과 바닥과 천장이 더 부드럽게 출렁출렁 회전하고
피아노 다리는 점점 길어져 기린이 되고

코코 곁에서 그녀의 예쁜 코를 바라보다
나는 2차원 경계가 없는 3차원 다양체(manifold) 속에서
목이 꽈배기처럼 580도 돌아간 채 창밖을 본다
목련 공원, 열세 개의 종이 무덤이 보이고
치즈피자처럼 구워져 둥글고 맛있게 부풀어 오르는
세계, 유령이 깃든 시계의 방들이 보인다
무수한 방마다 무수한 당신의 유령들이 색색으로
디자인하우스 센텐스를 읽고 있다

차원이 뒤틀린 잠 속에서 꿈을 꾸며 당신은 지금
'당신은 지금 당신을 꿈꾸고 있다'고 읽고 있다
그렇게 당신도 나도
과거와 미래로, 그 균열의 크레바스로

무한히 증발 중인 센텐스 좀비들
그림자와 모래와 피와 설탕이 배합된
귀신의 커피를 마시며

검은 새 타키온과의 우주 표류기

쥘리아가 웃었다
크리스마스였고 그녀의 머리는 둥글고 예쁜 지구였다
달이 빙빙 돌고 있었다 달은
미남이었고
입이 없었지만 신앙심 깊은 성기는 있었다
말이 잘 통했다
없는 말로만 키스했다

둘 사이에 중력 고속 도로가 생겼다
휴게소가 생기고 기린 성당과 분수대가 세워졌다
나는 정거장에서 명왕성 가는 심야 콜택시를 기다렸다
자정이 지나고 유성우가 내려도 택시는 오지 않고
검은 새 타키온이 날아왔다

새를 타고 날았다
새는 요금 대신 내 시야에서 시야와 시간을 지웠다
새는 나의 여집합 {나의 망각}의 원소들을 복원시켰다
알 수 없는 반중력 때문에
달은 화성 쪽으로 급격히 기울기 시작했고

지구엔 붉은 우기가 시작되었다

비는 비를 베며 봄까지 계속되었다
폭우에 휩쓸려 나의 차집합 {나의 기억} 속에서
반지 목걸이 핸드백이 떠내려갔다 그들은
은하철도 999가 삼등분되어 처형되는 방식으로
나를 떠나갔다
지구에서 흙탕물이 쏟아지고 새는
태양계 밖 머나먼 복소수 은하가 있는 우주로 날아갔다

럭비공 모양의 백색 왜성이 나왔다
촌충 닮은 외계인들이 결혼식을 올리고 있었다
거기서도 말은 길고 긴 촌충이었고
사랑은 수많은 굴곡과 단층으로 이루어진
죽음의 협곡이었다
아기들이 태어날 때마다 긴 꼬리를 그리며
무지개 유성우가 쏟아졌다

나는 구식 케플러 타원 호텔에 머물며

지구와 태양, 행성들의 운동 궤도를
20세기 방식으로 그렸다
사랑의 이동과 망각 속도,
타원의 장반경과 호의 상관관계
내 죽음의 면적을 정밀 계산했다
이란성 쌍둥이 웨이터 추측과 가설이 교대로 찾아와
음식과 우주 안내 지도를 주며 팁을 요구했다

밤마다 타원체 고양이들이 내 유년의 복면을 쓰고
아기 울음소릴 내며 어미젖을 찾았다
불면증이 심해져 나는 평행선이 존재하지 않는 나라
리만 호텔로 숙소를 옮겼다
하지만 광대한 우주 어디에도
내가 잠들 방은 없었고 혼돈의 백야만 계속되었다
나는 다시 지구로 귀환했다

돌아와 보니 25세기였다
실성한 사과처럼 달은 중력장을 벗어나 떠다녔고
쥘리아는 쥘리아 집합이 되고 싶다며

몸을 계속 삼등분했다
그녀는 웃다가 울다가 미친 듯이
계절을 이탈한 시집이었다
그녀의 머리는 여전히 둥글고 예쁜 지구였지만
달이 없는 25세기였다

몰라몰라 행성

큰아이가 몰래
달의 분화구에 노란 수면제를 탔나 보다
달빛 마신 꽃밭도
강아지도 새근새근 잠들어 있다
뒤척이는 제라늄 눈을 바라보며 자장가를 부르다
나도 약에 취해 잠든다

내가 잠든 사이 작은아이가 몰래
우주 저편 알파 켄타우루스 이삿짐센터에
전화를 걸었나 보다 노름(norm) 공간
어두운 공중으로 반짝반짝 트럭이 달려오고
외계인 인부 둘이 나를 옮겨 싣고
뒷자리에 앉아 홍주를 마신다

나는 부피 제로 무게 제로
길이가 팔만 광년인 바나나 대장경 꿈을 꾸고 있다
트럭이 멈춘다
길게 기지개를 켜며 나는 눈을 뜬다
꽃밭도 집도 강아지도 보이지 않고 사방은 캄캄하다

여기가 어디요?

몰라몰라!
만취해 코가 빨개진 외계인 인부 벡터가
시간을 녹여 발효시킨 이상한 술을 권하며
머나먼 지구를 가리킨다
코딱지만 한 옥상에서 아이들이 손을 흔들고 있다
아빠 안녕! 굿 바이!

2공간

포텐셜 에너지
— 언어

두 개의 탄환 구멍이 뚫려 있다

생사(生死)를 일시에 관통당한 새가

철철 피를 흘리며 날고 있다

너의 눈동자 속

그곳은 태초의 암흑이자 최후의 설원

모든 시간들이 산산이 부서져 흩날리는 광야

혼(魂)과 백(魄)

두 개의 탄환이 무한을 날고 있다

정물 연인

네 눈이 네 얼굴에 박혀 있으므로
그것은 폭약이므로

향나무는 타오르는 폭포고
해바라기는 지구에 불시착한 회전체 우주선이다

그것은 테이블 A 모빌 B

밤새 파도는 불타오르고
물과 절벽의 밀회 속에서 물거품은 태어나고

내 눈이 내 얼굴에 박혀 있으므로
그것은 욕조이므로

섬들은 흰 집이 되어 날개를 편다 먼 우주를 향해

백사장에 누워 잠든 알몸 외계인
처녀 a 총각 b

그것은 난파한 배, 생환이 불가능한 그물

흐르는 사강

사강, 식탁 위로 기나긴 사막이 흐르고 있다
접시와 나이프 사이
낙타들의 행렬이 이어지고

사강, 꽃병은 계속 웃고 있다 권총처럼
병(甁)이라는 병(病) 속에서
어떤 기억은 희디흰 물고기 뼈로 되어 있다

잠 속에서도 폐를 찌르는
녹슨 구름, 내 몸에 뿌리내린 삼천 개의 가시 빗방울

갑자기 총소리가 울린다
접시는 떨고
식탁 네 귀퉁이는 조용히 비명이 닳고 닳아

곱셈의 세계가 되고 있다
핏기 없는 아침, 살이 떠난 몸, 서로가 서로에게 우린
서늘한 방아쇠 존재하지 않는 역행렬 X

사강, 이제 '식탁에 꽃병은 없다'는 문장이 있다
붉은 잠지가 얼어 있고
피투성이 발을 가진 낙타들의 행렬

한 행을 지나
한 행을 지나
입과 항문이 역원인 모래 마을 역리 쪽으로

사강, 총소리는 대기 속에 우리의 시신처럼 묻히고
모음 잃은 자음이 어린 낙타처럼 잠든
아침 식탁

생사는 전치 행렬이고
나의 육체는 '식탁 위에 접시는 조용히 깨져 있다'처럼
웃으면 코부터 없어지는 문장

사강, 너를 닮은 물의 마른 알몸이 보이고
말은 조각조각 갈라진다
낙타 꿈처럼

외로운 산보

잠든 나와
내 곁의 강아지 망고와
강아지 꼬리인 척 살랑거리는 강아지풀과 나비와

나비 날개에 몰래 키스 중인 저녁 하늘과
풀밭 속치마를 살짝 들치고는
씽 달아나는

고양이 수염 달린 봄바람과
노을 속을 나는 새와
새들의 아름다운 워킹과 발들의 수다 소리와

소리들이 앉아 알을 낳는 둥지와
내가 잠든 풀밭을
한 손에 가볍게 들어 올린 아이 코코와
코코가 바라보는 호수와 요트와

물결을 타고 하늘 가득 퍼지는 어둠과
어둠 저편 우주와 우주 밖의 더 큰 햇빛 우주들이

모두모두 들어 있는 작디작은

물방울 모자 삐딱하게 쓰고
꼬마 달팽이 아가씨, 살랑살랑 종이배처럼
어딜 가나요?

첫눈

네가 떠난 밤, 바다는 글자 잃은 시집이다

등대는 기린 눈망울을 껌벅이며 애처로이 수평선을 바라보고
누가 맨발로 물 위를 위태롭게 걷는 소리

바람이 어린 삵처럼 방파제를 넘어와 민박집 방문을 긁어 댄다

홑이불 잠을 걷고 문을 열면
첫눈이다 점점이 너의 입술이다 희디흰 숨결들

죽어서 차고 흰 해풍이 된 물고기들, 공중에서 공중을 놀고

내 영혼은 지금,
천천히 해저로 가라앉는 무쇠 닻

사랑의 입말은 핏물이 다 빠져나간 짐승의 마른 혈관이다

해저처럼 외로운 잠

네 알몸처럼 내 살 곁에 누워 바스락거리는 어둠

새벽녘, 먼 지층으로부터 여진처럼 울려오는 찬 물소리

살을 굽다

어떤 짐승이 울다 게워 놓은 슬픈 새일까
이 흑갈색 조약돌

물의 주름진 속살까지 찬 햇빛들 반짝거리고
불길이 파란 핏줄 다발 같다

짐승의 끊어진 앞발 닮은 봄날 주일이다
사방은 정강이 살을 잃어 고요하고

마당 가득 흰 먹물처럼
세 겹 네 겹 내 겹으로 번지는 죽음의 살 냄새

아 저기 솥뚜껑 하늘에서 구름도 지글지글 익고 있다
얘야, 천천히 많이 먹으렴,

나는 내 후생의 먼 우주 불탄 집터를 쳐다보다
둥지 잃은 새처럼 말이 야위는데

어머니는 들뜬 틀니로 내 전생 부위 생살을 잘근잘근

씹으며
　마른 성냥개비처럼 웃으신다

　웃음은 늘 눈에 쓴 독초고 알이어서
　그녀 또한 평생을 생활에 쫓긴 짐승이고 찢기는 살이었
으니

　하늘 가득 어린 멧돼지 울음 차고 붉다 시다
　날과 알 사이엔 아픈 말, 흐르는 살

　냄새가 어머니 얼굴을 더듬어 폐허의 문진을 지우고 있다
　사랑은 지붕부터 페이지가 찢겨 나간

　폐가의 웃음 경(經)이었으니,
　모자는 늘 모자라서 뜨거운 빙판이고 언 불판이었으니

　어떤 짐승이 울다 게워 놓은 새의 심장일까
　이 흑갈색 조약돌

어머니 눈동자 속 사월의 불탄 뒤뜰에서
샘물이 흰 날개를 펴고 있다

S네제곱

파도가 보이는 연산시의 재즈 카페 마이너스에서
데킬라를 마시고 있다
노을이 초경 빛깔로 번지는 하늘엔 검은 옹이들이 자라고
S제곱의 입술이 내 눈을 스치고 지나간다

기억은 공기 속에서 말라가는 달콤한 사체들이어서
(S)를 가두었던 괄호 닮은 해병 하사
( )의 몸은
비행기가 사라진 격납고처럼 흰 어둠만 맴돌고
나는 이제 취한 파도
망각이라는 미지수 나무 Y에 앉은 붉은 깃털의 새

번개 속에서 나는
그녀가 밤과 낮으로 수직 절단되기 이전의 알몸
태양과 달이 함께 뜨던 그 모래 해변을 꿈결처럼 거닌다
상체는 낮이고 하체는 밤이었던

실루엣 걸친 나른한 세계, 취기 속에서
나는 S제곱

나는 S세제곱과 다른 차원에서
나를 찾아오는 무수한 S의 환영들을 만난다

그들 침묵의 웃음이 모래밭에 그리는 라인들
그들 젖은 선들이 꾸는
저 만화경 같은 악몽의 세계들
낱말 물고기들이 공중과 바다를 넘나들며 헤엄친다

수면을 치며 고무보트가 달린다
각선미를 뽐내며 해변의 엉덩이 라인이 라임으로 변하자
S네제곱이 걸어온다
그녀의 두 다리 사이로 찰랑거리며 흘러내리는
죽음의 끈, 그 기나긴 수평선

해안선은 긴 물뱀이 되어 혀를 날름거리고 있다
그때 나도 재로 부서져 흩날리는 어휘
그때 나도 걸어 다니는 묘비
그때 나도 하얀 물거품

시간은 점점 미역줄기처럼 마르고
해저에 고이는 체온과 어둠
그것은 다음 차원의 세계로 계속 확장되어 나가는 번개
데킬라, 데킬라야

내가 뿌린 말의 꽃씨들은
이 저녁의 냉기를 얼마나 견딜 수 있는 촛불일까
통유리 밖 노을 진 백사장에
S네제곱이 눈 먼 말과 함께 실재하는 몸으로 서 있고
빛이 수면에 그리는 어지러운 무늬들

그리하여 내 몸 또한
말 속에서 끝없이 말을 잃는 트랙
시간이든 꿈이든 무엇이든 0배로 반사해 삼켜 버리는
빛의 제로 거울

불가능한 서랍

내가 그녀와 키스할 때
좌표(2, 4)는 금붕어 두 마리가 헤엄치는 봄밤의 연못
빈 서랍에서 빈 고양이 비(非)가 나온다
누구도 볼 수 없는 백지 복면 쓴 자객의 발걸음으로

칼집에서 흑장미를 뽑아 들고
비가 온다
비의 다리엔 흰 독버섯들이 숭숭 돋아나 있고
밤의 등뼈는 점점 활처럼 휘고 있다

내 입술이 그녀의 입술에 포개질 때
좌표(1, 1)는 금붕어들이 파닥파닥 뛰노는 수중 놀이터
창백한 대기엔 눈동자를 키우는 어항이 떠가고
비 울음이 퍼진다

손가락 끝, 잠이 아픈 여자
그 고통의 마디와 목덜미를 핥는 내 거친 입술
원점(0, 0)엔 죽음보다 깊고 둥근 알
고양이일 수밖에 없는 고양이들이 폭발하며 태어난다

내 혀가 그녀의 혀와 엉킬 때
좌표(-1, 1)는 금붕어가 헤엄치는 공중 놀이터
비가 될 수 없는 비의 울음이 폭우가 되어
어둠 속으로 퍼진다

포물선을 따라 음의 방향으로 날아가는
사월의 빗소리
이제 우리가 흐르면서 함께 울어야 할 차례
좌표(-3, 9)에서 불가능한 서랍들이 열리고

비가 될 수 없는 비가 쏟아진다
털도 가죽도 눈동자도 없는 말과 짐승들이 쿵쿵
거대한 수레바퀴 형상으로
이빨들을 쏟아내며

오르가즘

입술과 입술이 닿고 있다 두 척의 배가 부딪혀
새로운 지옥이 시작되고 있다

발기하는 등대 발기하는 어둠 발기하는 파도
꿈틀꿈틀 자전하는 살

검고 흰 바다뱀 문신을 한 레즈비언 커플이다
주야(晝夜)는

연필과 백지처럼, 찌르고 찢고 부러트리며
거친 신음 속에서 태어나는

문장들, 벌거벗은 다리에
벌거벗은 목을 흐늘흐늘 휘감고
펄럭이는 세계

펄럭이는 돛 펄럭이는 혀
개미, 흑장미, 깨진 컵, 바이올린 —— 넷 중 하나는 금요일

공중으로 둥둥, 두부 닮은 해파리들 떠오르고
침대는 어두운 밀항을 시작한다

도착하면 물거품처럼 해도에서 사라지는
살과 살(殺)의 군도

평행선 연인

어떤 문장은 가스 덩어리다 수소와 헬륨으로 이루어져 있다 핵이 없다 내가 라이터 불을 대면 그 즉시 폭발하여 내 얼굴을 태워 버린다 눈을 태우고 귀를 태워 버린다 그런 밤

어떤 문장은 촛불이다 타오르는 파도고 노래하는 풍랑이다 어떤 문장은 청색 멀미를 일으키고 어떤 문장은 스스로를 문장 밖으로 내쫓아 아름다운 숲이 된다 그런 밤

유성우는 쏟아지고 어떤 문장은 제 몸을 길게 늘여 검은 라인이 된다 라임이 된다 x축이 되고 y축이 된다 1차원 곡선이 되고 2차원 방정식이 된다 그런 밤

나는 나라는 3차 방정식의 세 허근이다 시간은 계속 자신의 몸을 사방으로 끝없이 늘여 좌표 평면이 되고 있다 무한의 우주가 되고 있다 그런 밤

지구는 하나의 점, 화성도 목성도 토성도 우주를 뛰노는 모래알 삐삐들, 밤하늘엔 흰 고래들만 헤엄쳐 다니고 어

떤 문장은 문장이 없다 입이 없다 항문이 없다 그런 밤

　돌이켜 보면 나의 삶 또한 한 장의 창백한 백지였다 발을 찾아 떠돌던 외발의 펜이었다 그런 밤 나는 해저에서 어떤 문장을 가져온다 그곳은 너의 눈동자 물의 침실 아픈 새들의 둥지

　돌이켜 보면 너의 삶 또한 불 꺼진 찬 방이었다 세계는 수족관이고 넌 바닥에 납작납작 엎드리다 한쪽으로 눈이 돌아간 넙치였다 그런 밤

　우리는 평행선 연인, 안을 수도 가질 수도 버릴 수도 없는 난경의 문장들, 건드리면 그 즉시 울음이 터져 버릴 작은 물풍선들 그런 밤

　어떤 문장은 약에 취해 있고 어떤 문장은 칼에 찔려 쓰러져 있고 어떤 문장은 모든 기억을 잃어 표정조차 없다 그런 밤 아무 말도 할 수 없는 그런 밤

우리 흐를까

너는 하얀 책
절반은 물이고 나머지는 꿈인 책
펼치면 흰 모래와 푸른 파도가 흘러나오는

너는 작은 종이책
해초와 조가비, 돌고래와 숭어 떼가 유유히 헤엄치는
한 장 한 장 얇은 살이 나풀거리는

너는 봄밤이다 빨간 지느러미 달린 반달이
내 눈으로 들어와 요트처럼 달리면
화르르 벚꽃이 지는

나도 봄밤이다 내 몸속 깊은
해저에서 짝 잃은 고래의 아픈 허밍이 울리고
등줄기가 아름다운 태고의 사람 하나
물의 묘실에 누워 꿈꾸는

봉인된 방, 시간은
불의 빙산, 사랑은

죽음을 붕괴시키는 천 개의 눈과 분화구를 가진 괴수

들리니? 먼 지층에서 울리는 땅의 심장 소리
그건 나의 숨소리
보이니? 용암을 타고 맹렬히 올라오는 물고기 화석들

어둡고 찬 밤이다
가만가만 귀 기울이면
철벅철벅 잠 못 든 새들이 내 등을 밀어
깊고 깊은 네 자작나무 숲으로 나를 밀물치는 소리

우리 다시 흐를까
내 몸의 절반도 꿈꾸는 물이고
나머지는 피가 꾸는 아픈 환몽이고 벌거숭이 말이니

래퍼 다다의 빈방

창가에서 빈 화분이
죽은 화초의 목소리로 혼잣말하고 있다

겨우내 마르고 말라 투명한 뼈만 남은 유리창에
달은 노란 살을 바르고

그걸 보고 마음이 야위어
늙은 프랑스 창녀처럼 웃으며 달을 호객 중인 찻잔

자정이 검은 드레스를 입고
거울 앞에 서서 발레리나처럼 회전하고 있다

거울에 잔물결 일고
물결을 따라 둥글게 방 밖으로 퍼져 나가는 사내

그의 눈에서 한 방울 한 방울 떨어지는
차가운 피

아픈 꿈일까

나무 탁자엔 터지기 직전의 검붉은 석류 한 알

수류탄일까, 어느 파산자가
세상을 향해 집어 던지려던 분노의 심장일까 머리일까

벽엔 무릎 헤진 청바지
그건 빼빼한 내 주검이 입다 걸어 둔 텅 빈 고기 자루

창밖엔 외로워서, 흑인 래퍼처럼 계속 무언가를
지껄이는 밤하늘

네팔에서

첫 행이 첫 행에서 끝 행으로 가는 첫 기차를 기다리고
있다
맥주 거품 모양의 기적 소리 낭창낭창 울리고

다 떠났어! 다다, 다! 다!
어휘들은 사흘 밤낮 설주에 취해 발이 비틀거리는데

외줄 철로처럼 외로워 텅 빈 역사를 보는 이 행과
소리 밖의 세계로 눈을 돌리다 눈이 젖는 이 행은

히말라야(Himalayas) 시다
나를 천장(天葬)하던 빛의 돔덴들, 그들의 헐벗은 손이다
한때 나의 연인이었던 불과 얼음과 눈보라
내 흑백 살들아

어떤 날은 말이 무서워서 눈이 얼어 죽고
어떤 날은 말이 회오리쳐 살이 발려 죽고

백지는 잠자는 설산이다

천지를 오가며 새들은 깔깔깔 죽음과 곡선 놀이 중인데
세상은 또다시 꽃피는 폭설이다

낮보다 더 낮은 곳을 태우는 이 참혹한 얼음 세계
밤보다 더 어둔 자를 얼리는 이 불길한 불꽃 세계

다다, 다 떠났어! 다! 다!
네팔에서 네 팔이 꽃뱀으로 돋아나 나를 휘감는데

맥주 거품 모양의 눈사태 소리 낭창낭창 울고
끝 행도 끝 행에서 첫 행으로 가는 마지막 기차를 놓친다

3공간

다람쥐 수레바퀴 운동

오른손이 2행을 쓸 때 꽃이 피고 왼손은 1행(木)을 지운다
오른손이 3행을 쓸 때 새가 날고 왼손은 2행(火)을 지운다
오른손이 4행을 쓸 때 비가 오고 왼손은 3행(土)을 지운다
오른손이 5행을 쓸 때 낙엽 지고 왼손은 4행(金)을 지운다
오른손이 1행을 쓸 때 눈이 오고 왼손은 5행(水)을 지운다

사라진 시선

아무 — 〈사람〉도 없다 (　) 아무 — 우측의 〈광야〉

아무 — 〈사물〉도 없다 (　) 아무 — 좌측의 〈설원〉

아무 — 〈시간〉도 없다 (　) 아무 — 무아의 〈백지〉

아무 — 〈풍경〉도 없다 (　) 아무 — 하늘의 〈웃음〉

아무 — 〈언어〉도 없다 (　) 아무 — 해저의 〈어둠〉

모자이크 시계
— Composition 0

뱀장어(13시는)
미녀에게 없는 마녀의 점(14시에)
당신이 만지면(꽃피는 15시)

백 년 동안의 웃음(16시를 잘라 만든)
낱말 케이크(17시)

비행 소년 행갈이의 비행 때문에(18시는 비)
너무도(비만증을 앓는 19시)
바짝 마른 김(20시에 심장 정지)

서울의 타잔(21시는)
발발이 아줌마는 바빠(22시의 모텔)

새를 위한 목적어 침대(23시에 회전하는)
이런 세미나(24시)

불꽃놀이 축제(25시 꿈)

세 개의 격자 눈이 혼색된 유머 세계

— Composition Ⅰ

격자 A

올빼미가 날자 공중에 내 육체 모양 폐곡선이 발생하고
수면에 파문이 인다

찰랑찰랑 웃는 물의 결과 말의 결 사이
나는 원 너는 긴 생머리의 투, 우린 무한 지름 천체

원투, 원투, 잽을 날리면서
어떤 문장은 스스로 생각하고
까불까불 춤추는 캥거루 복서

퍽퍽, 훅훅, 어퍼컷 날리면서
나의 입에서 흘러내린 석류 즙이 죽음의 원을 그릴 때

'웃다'가 울고 있다 꽁지 잘린 고양이처럼
말없이 수면을 바라보면서

·

'울다'가 웃고 있다 꽁지 노란 생쥐처럼

겁먹은 공중을 바라보면서

원은 타원으로 타원은 지렁이로
지렁이는 넓이가 무한인 사각형으로 늘어나……

크기 없는 무형의 점들, 우린
웃는 망령들, 살색 피부 가진 그림자 낱말들

격자 B

잿빛 치마 펄럭이며 춤추는 묘지의 나무들
아래

빗자루 귀신들, 우린
잇몸이 흰 웃다, 울다, 감다, 뜨다, 듣다, 보다, 맡다

공중에 낀 공중의 흰 틀니가 무섭게 빛나고
빗방울 점이 되어 새가 되어

'난다'는 난다 날개가 없어도
'논다'는 논다 하늘이 없어도 놀이터가 없어도

'말한다'는 말한다 입이 없어도
혀가 잘린 인간의 목소리로
1 우측의 100 우측의 100만 우측의 우주의 방귀 행성
블랙 타임을 향해

날아가는 비행선, 날아가는 새들
날아가는 목과 날아가는 숨 사이에서 웃는 배꼽들

토닥토닥 말다툼 중인 원투, 운다와 웃다 사이에서
눈을 감고
토닥토닥 목숨 다툼 중인 밤낮, 태양과 달 사이에서
눈을 뜨고

스르르 장미꽃을 피우는 고양이, 빛은
스르르 물이 되어 밤하늘을 흐르는 생쥐, 어둠은

자기 얼굴을 한 겹씩 뜯어내 사방에 던지며 노는
바람과 폭우와 눈보라

격자 C

천지는 천지의 낙서를 지우며 지워지는 지우개
글자들은 우리의 병든 육체

서로 안고 입술을 포개는 공기들, 우린
없는 점들 없는 선들

칸토어의 놀란 입처럼 0을 향해 무한히
수렴 중인 빛, 진행 중인 살, 전진하는 피

저녁의 한쪽 눈은 네 눈에서 웃고
나머지 눈은 내 눈동자 속에서 회오리 소릴 내며 울고
있다

그때 잃어버린 제 눈을 찾아
맴도는 나비, 맴도는 땅, 맴도는 해저, 맴도는 혼령들

옴(O)과 옴(m), 우주는 늘
살이 가려워 숨이 팽창해
0과 1 사이에서, 0과 마이너스 1 사이에서

죽은 갈리아의 암탉과 수탉이 날개를 펴고 날아오르자
수면에서 죽은 자의 몸을 가진 물고기들이

내 살, 내 숨, 우리의 폐곡선을 찢으며
하늘에서 땅으로 내린다
인간의 문자로 서술될 수 없는 흙비가

포텐셜 에너지
― 꽃씨

꽃의 임종 후
봉인된 유언이 되어 대지에 심어진

검은 혀
무한히 날고 있다 그것은

지상과 천상, 이승과 저승을 연결하는
둥근 문

모든 물(物)과 빛
시간과 어둠이 점으로 응집된

광대한 우주

기일

— Composition Ⅱ

동쪽 오동나무에서

(욕조가)

서쪽 공중으로

(열린다)

다람쥐가 점프한다

계곡물 속으로

(오후 2시가 벌거벗은 몸으로)

풍덩!

(깔깔깔 물도 웃고)

하늘 한복판에 낮달이 문신으로 떠 있다

(귀신고래 아버지)

북쪽 망루에서 무지개

(궁둥이가)

남쪽 들판으로 검은 병풍처럼 펼쳐졌다

(닫힌다)

생일 체스
— Composition Ⅲ

왼쪽 테이블에서
    (파도가) 저승사자 퀸 복장으로
        계단을 내려와
            (방파제 넘어)
                오른쪽 테이블로
        (흰 날개를 펼치자)
        케이크 속에서 사자 눈을 뜨는 촛불들
(으르렁! 으르렁!) 꽃이 피고
        창밖엔 긴 수염투성이 번개가
                나이트 신부처럼 서 있고
        (부르릉! 부르릉! 킹! 킬!)
        와인 잔들이 봄밤의 고속 도로를 질주하는
흰 소리 검은 소리, 무덤3 왕조4
                동쪽 난간에서 취한 자줏빛
        (입술과 입술이)
        서쪽 하늘로 쥘부채처럼 펼쳐졌다
    배꼽과 칼이
(접힌다)

빠세 약수터 가는 길

숲을 그린다 연필 대신
                밑으로 샘을 그린다 물감 대신
        밑으로 오솔길을 그리고
    연두색 바람을 그린다
화실 문을 열고 아이가 들어온다
                        아이는 빈 물통을 들고
            그림 속 숲으로 들어간다
나는 지그재그 오솔길 따라
        개울을 그린다
            물소리를 그린다
                    아이는 콧노래 부르며
    개울 건너…… 말줄임표처럼
                물방울이 떨어지는
        빠세 약수터 간다
나무들이 인사한다
        다람쥐가 인사한다
            안녕 도토리! 바람이 찬데
                혼자서 어딜 가니?
                    저녁이 깊어 간다

세 걸음 걸어서 한 칸

　　　내려가 나뭇잎 밟고

　　　　　또 세 걸음 걸어서 한 칸

　　　　　　　내려가 돌멩이 밟고

아이가 걸음을 옮길 때마다

　　　하늘에서 어둠이 방울방울 떨어진다

　　　　　나는 얼른 숲 지붕에

　　　　　　　보름달을 그린다

　　　　오솔길 가득 달빛이 쏟아지고

　　　아이는 달빛에 발자국 찍으며

빠세 빠세 빠빠세~ 약수터 간다

　　　　　　　　단풍나무 샘이 보인다

　　　꽁지 빨간 새가 먼저 와 옷을 벗고 있다

알몸 목욕을 마치고는 포로롱 뻿쫑

　　　산 아래 달빛 물든 마을로 날아간다

　　　　아이도 물통을 채워

　　　　　　　마을로 내려간다

　　　　나는 모자를 벗어, 한 칸 아래

　　　기린 구름에 걸어 두고

밑을 바라보다 새처럼

그림을 바라본다

새로 나온 재밌는 미술 도구

밑으로 그린 그림을

위에서 바라보며 웃는다

옆에서 뒤에서 바라보며

맨드라미처럼 웃는다

달을 업고 살구나무 골목으로 사라지는

아이의 뒷모습을 바라보는데

딩동! 초인종이 울린다

나는 얼른 의자 위에

밑을 내려놓고

대문으로 나간다

작은 물통을 들고 아이가

살구나무 밑에

함박꽃처럼 서 있다

미트로, 어서 와!

미트로, 생일 축하해!

노란 살구들, 꼬마 백열전구처럼 환하게 웃고

꽁지 빨간 새가

　　살구나무 가지 끝에서

　　　　밤의 첫 사랑 노랠 부른다

비행 소년 행갈이의 비행 때문에

날아간다 소녀가
침실로 들어간다 비행기가
저것 봐 저것 좀 봐
방글방글 꽃이 핀다
나보다 요만큼 눈이 큰 겁쟁이 소녀야
피아노를 친다 새들이
빙글빙글 돈다 하늘이 땅이 집들이
방글방글 꽃이 말한다
나보다 요만큼 키가 큰 겁쟁이 소녀야!
저것 좀 봐 저것 좀 봐!
하늘로 날아간다 어항이 피아노가
구름에서 쏟아진다 손가락들이
건반 위로 달린다 행숙이가
저것 좀 봐 저것 좀 봐!
쏟아진다 어항에서 맑고 투명한 음들이
쏟아진다 손가락 끝에서 금붕어가

꿈틀거린다 피아노가

불꽃놀이 축제

하늘에서 악기들이 춤춘다
                    작은북이 춤춘다
          탬버린이 춤춘다
오보에가 춤춘다 캐스터네츠가 춤춘다
          쟁반들이 춤춘다
              접시들이 춤춘다
                    밤의 앞발이 춤춘다
          소리의 뒷발이 춤춘다
음표들이 춤춘다 반짝반짝 통통통
          어휘들이 춤춘다 번쩍번쩍 랄랄랄
                    불꽃들이 합창한다
          공기의 비늘들이 웃는다
          빨갛게 웃는다 행갈이가
파랗게 뛰어와 안는다 행숙이가
                어둠 속에서 동그랗게 춤춘다
          수다쟁이 달도 코코도 나도
걸음을 멈춘다
          말을 멈추고
                말들의 웃는 야경을 즐긴다

파파(papa)의 파열음 /p/가 도난당한 사건

아랫입술과 윗니 사이에서
보름달처럼 태어난 소리 소녀 보보, 보보는 내가
바이올린으로 오토바이를 탈 때 태어났다
보보는 이제 열 살이고 내 딸이다

머리에 검은 방울토마토 음표들이 주렁주렁 달린
보보가 웃는다
보보의 안 보이는 웃음에 잉크를 떨어트리면
참외 빛깔 빗물이 퍼진다

보보는 슬플 때
때를 종이비행기로 접어 옥상에서 날리고
슬픔은 개구리로 접어 간지럼을 태우며 논다
논다랑 논다
공기놀이하며

보보는 밤에 밤을 떠난다
메아리를 타고 떠난다
구두를 타고 침대를 타고 베개를 타고

호박 마녀가 호박잎 타고 바람난 제비처럼 날아다니는
해골 섬으로 떠난다

파파(papa)의 파열음 /p/를 훔쳐 간 마녀를 찾아서
보보가 날면
빗방울이 난다
돌도 날고 집도 날고 오랑우탄도 날고 마마도 난다
난다도 날고 안 난다도 난다

비읍 방이 보이는 밤섬 지나
시옷 섬이 보이는 사이판 지나
피읖 파도치는 핀란드 지나
날개 달린 공중의 섬 코밑으로 난다

코밑엔
검은 삼나무들이 우거져 있는 행들의 숲이 이어지고
행갈이는 첫 키스를 하고
바람이 운다
바람의 성대가 불가사리 모양으로 진동하며 울 때

밤은 백지 하늘은 해저
나는 지진 중인 문장
그들이 연구개와 목젖을 아래로 늘인 채 울 때
밤은 펜촉 하늘은 수의
나는 휘날리는 핏방울

울고 싶어도 울 수 없던 늑대의 목젖을 본 아침
그날 이후로 마마는 화장을 시작했다
화장은 거울 속의 미라를 웃음으로 은폐하는 기술
거울 속의 백야를 태우는 색칠 놀이

그녀의 시는 점점 마녀의 턱 선을 닮아 간다
코는 점점 길어지고
말들은 바늘의 형상으로 대기 속을 난다
밤 파도를 바라보며 웃는 생쥐 도도처럼

마마가 운다
마마의 울음은 파괴된 꿈이고 모래

파랑이고 노랑이고 하양인 마마 맘속 흑해
바보야 바보!

보보는 듣는다 아픈 귀로
독초가 우거진 밤나무 숲에서 밤마다
Bo-Bo-Bo-Bo 뱀이 우는 소리
s-s-s-s-s-s 어둠이 엄마 속살을 대신 벗는 소리

하늘이 검은 해초와 불가사리로 뒤덮이고
보보는 코밑 해변의 입술 무덤에 앉아
묘비와 이야기를 나눈다
소리 없이 무덤이 열리고 혀가 걸어 나온다
파열음 둘이 걸어 나와 사건의 전말을 증언한다

/t/와 /k/ 누구 말이 거짓일까
묘비를 쓰다듬으며 보보는 낭떠러지를 본다
파파의 잘린 두 발이 아슬아슬 줄을 타며 걷고 있다

흰 날개 가득 피를 묻힌

세 마리 유음 /b/ /d/ /g/가 구름의 묘역을 빙빙 돌고
진릿값이 지워진 호박잎 타고
호박 마녀가
빙글빙글 내려오는데, 회오리! 회오리!

회오리 깃발
— Composition Ⅳ

검정 a

물안개처럼 가시 돋친 기억들이 내 살 속을 걷고 있다
야행성 짐승의 보폭으로

어휘들이
왼발 오른발 앞발 뒷발 취한 리듬으로

핏방울 떨구며, 구불구불 어두운 숲을 걷고 있다
방랑자 뱀이다

잠자는 꽃들은
눈동자에서 하늘이 방울방울 쏟아지고 있다

거꾸로 세계의 로꾸거 시계

노랑 b

왜 스스로 혀를 자르고 귀를 자르고
달은 노랑이 되었나?

제 무덤을 맴돌며
누군가 도려낸 제 살의 반쪽을 찾아 헤매며
올빼미 모습으로 나를 쳐다보는

반달, 저것은 뿔
저것은 나의 반쪽 두개골, 공중에 유기된
무덤

그때마다 어린 풀들의 비명과 함께 태어나는
지신(地神)들, 그들 젖은 맨발이

뚜벅뚜벅 내 살 속을 걷는 발소리 울린다 새벽이다
물(勿)과 함께
물 위를 맴도는 물(沕)의 어두운 초침들

하양 c

저 멀리 지평선엔 먹빛 털의 등줄기가 아름다운
아침, 덫에 앞발이 잘린 몸으로

일곱 새끼를 낳아 혀로 핥아 주고 있다
공중은 백오(白烏)의 날개를 좌우로 펼쳐 천지를 나는데

빙빙 계곡을 돌다 산 아래 장지(葬地)로 발을 옮기는
물의 물(物)의 발바닥은

희다
희다보다 흰, 희다야! 만물은 왜 스스로 눈을 버렸나

나부끼는 혀 나부끼는 회오리 숲

양각, 칭기즈칸

— Composition V

황달병을 앓고 있다

　　　　개나리는 (한 칸 밑의)

　　　　　　　　　　　정오에

　　　　　정오는 햇빛 중독자

　　　꾀꼬리 알을 품고

(다시 한 칸 밑의)

　　　　검노란 하늘을 품고 있다

　　　　　　　나는 죽음과 마주 앉아

한 칸, 한 잔

　　　두 칸, 두 잔

　　　　　마유주를 마시는데

　　　　　　　누가 자꾸 황궁 하늘을

　　　두루마리 화장지처럼 풀어

밑을 닦고 있다

　　　　세 칸, 세 칸이여!

　　　　　　네 칸, 네 똥구멍이여!

역사는 역사(力士)의 역사(逆死)

　　　대대로 목이 잘려

　　　　칸, 칸, 밑으로

열 칸, 백 칸, 칸칸이
　　　　　철철 피가 흐르고
　　황궁 겨드랑이 날개 밑으로
　(천 칸, 만 칸, 칸이여)
끝없이 흰 강물이 흐르고
　끝없이 흰 비명이 흐르고
　　구불구불 흘러나오는 비
　　　　　비는 젖은 혼령들 노래
　말은 마른 말이 되어
끝없이 푸른 초원을 달리니
　빗소린 천지를 가르는 말발굽
　　　　　비(飛)의 비(悲)의 화살들!
　　(칸, 칸, 쿠빌라이 칸이여)
　하늘이 제 살을 찢는 정오에
　마른번개여
목마른 번개여

음각, 칭기즈칸

— Composition Ⅵ

　　　　　　　　　태양도 달도 지구도 알

　　　　검은 마침표들

. 얼음산 독수리는 불의 알을 품고 있다

　　　　　　　　　　　둥지는 새를 품고

벚꽃나무들은 일제히

　　　　신혼의 드레스 입은 마녀처럼

　　　　　　　공중으로 물담배 뿜어 올려

　　　　(제1차 여백 정벌을 나서는 칸)

. 박수 치고 있다

　　　　바람이 흰 손바닥으로

　　　　　　　　　절벽을 깰 때

　　　　나무는 둥지를 품고

. 있다 숲은 나무를

　　　　　하늘은 숲을 품고 빙빙 돌아

　　　　(제2차 여백 정벌에서 돌아오는 칸)

. 시간은 천지를 품은 공간의 알

    빛이 내리고 어둠이 내리고

        빛은 인류의 빛

    어둠은 광휘의 얼음이니

춤추며 달리는 말, 말, 말들이

    (칸과 함께 제3차 여백 정벌을 출정하자)

    온 우주가 모래 한 알 속으로

. 무섭게 빨려 들고 있다

    새는 심장으로 흑백 알을 품고

        스프링! 스프링!

4공간

목욕탕 행진곡

행행행 걸어간다
발발발 걸어간다
멍멍 씨 걸어간다
왈왈 양 걸어간다
우리도 걸어간다
짜가 귀금속 지나
짜가 교회당 지나
또와 노래방 지나
또와 섹스방 지나
까끌래 뽀끌래 머리방 지나
갚을래 죽을래 카드깡 지나
베낄래 빼낄래 출판사 지나
신장개업 명품 사우나탕으로 들어간다
멍멍 씨는 1층 남탕
왈왈 양은 2층 여탕
우리들은 3층 개탕

발발이 아줌마는 바빠

섹스가 뭐예요?
철모를 쓴 아이가 땀을 뻘뻘 흘리며
자물통 참호로 기어들어 가 총을 쏘다 죽는 거지
자물통이 뭔데요?
한 달에 한 번씩 피를 흘리는 이상한 요강이지
요강이 뭔데요?
하늘에 떠 있는 하얀 구름이지
구름이 뭔데요?
해안 철책을 정찰 중인 검은 장님이지
장님이 뭔데요?
보이는 것만 보다 눈이 썩어 문드러진 역사지
역사가 뭔데요?
설사와 변비를 반복하다 똥구멍이 헐은 고릴라지

오 God 오오 God

그런데 아줌마, God가 뭐예요?
거꾸로 읽으면 뜻이 분명해지는 불독이지
불독이 뭔데요?

불란서를 학살한 독일 히틀러 자지의 애칭이지
히히 틀니요?
그래 이빨 빠진 살인 광견인데 새끼도 있지
어디에요?
태평양 건너 워싱턴의 하얀 개집에
어떻게 생겼어요?
좆이 붓인, 말대가리 뼈다귀처럼 그로테스크하지

오늘 질문 끝! 나 뱃살 교실 가야 돼

뱀장어

이 시는
뱀장어
당신이 손으로 잡으면
미끈
미끈
당신의 배꼽
아래
이발소
아래
홍콩반점
아래
치질 치료 중인 딸기 밭
아래로
미끈
미끈
약삭빠르게 빠져나가는 이 시는
뱀장어
비오는 날
처녀의 불알

아래에서

이 시를 날로 먹으면 정력에 좋습니다

코코의 초공간 유머 랜드, 바짝 마른 김

또 아침이다
빌딩들이 하늘에 거꾸로 붙어 있다
공항도 도로도 학교도 거꾸로 붙어 있다
구름은 지상으로 내려와 물뱀처럼 기어다니고
허공으로 둥둥 바위와 배들이 떠다닌다
바짝 마른 김은 아무렇지도 않은 표정이다
늘 하던 대로 침대에서 일어나
거꾸로 서서 불알을 털며 샤워를 한다
거꾸로 붙은 식탁에 거꾸로 앉아 밥을 먹는다
거꾸로 식빵에 거꾸로 잼을 발라
거꾸로 우유를 마시고는
거꾸로 방귀를 힘차게 뿌앙~빵 날리고는
거꾸로 걸어서 아파트를 나선다
엘리베이터를 타고 25층에서 1층으로 올라가면
뒤집힌 주차장이 나온다
뒤집힌 최신형 오픈카 쿼바디스 도미네 타고
뒤집힌 도로를 달려 뒤집힌 사무실로 출근한다
직장 동료 누구도 간밤의
거꾸로 사건에 대해 묻지 않는다

이 도시에선 너무도 흔해 빠진 일이라는 듯
모두들 뒤집힌 컴퓨터 앞에 앉아
뒤집힌 눈알만 뱅뱅 돌린다

코코의 초공간 유머 랜드, 뫼비우스 X

눈을 떠 보니
배꼽에서 금속 전선들이 포도넝쿨처럼 뻗어 나와
허리를 친친 휘감고 있다
X는 아무렇지도 않은 표정이다
관자놀이 버튼을 누르자 전선은 금세 몸속으로 말려 들
어간다

출근길에 X는 머리를 떼어 우체통에 올려놓고
넥타이를 고친다
어때? 잘 매졌어? 머리에게 묻자
눈꺼풀을 빠르게 깜빡거리며 머리가 쪼잘댄다
함 과장, 제발 나 좀 빠른 등기로 태평양 해저로 보내 줘!

X는 머리를 옆구리에 끼고 지하철에 서 있다
X가 충무로에서 내리려는데 누가
X의 머리를 훔쳐 달아난다
X도 재빨리 문 바로 옆에 앉아 꾸벅거리는
Y의 머리를 잡아채 지하철을 내린다
Y의 머리를 달고 헐레벌떡 X는 회사 뫼비우스로 달린다

사무실로 들어서자 아무도 쳐다보지 않는다
모두들 뒤바뀐 머리를 책상에 떼어 놓고
자판기 앞으로 가 줄을 선다
X도 머리를 창가에 놓고 모닝커피를 뽑아 온다
손에 든 종이컵을 입에 부어 주며 묻는다
어때? 모닝커피 맛이?

X가 에쎄(esse) 담배를 물려 주고 불을 붙이자 머리는
볼이 쏘옥 들어가도록 빤다
입을 붕어처럼 오므리더니 도넛 연기를 뽕뽕 내뿜는다
아 꿀맛이야!
팽글팽글 도는 연기 속에서 X의 하루가 또다시
아름다운 공회전을 시작한다

황소

뢰비우스 빌딩 앞에 황소가 서 있다
용접기로 쇳조각을 이어 붙인 황소
트럭 바퀴로 만든 심장과 구리 혈관들
백미러 눈엔 홍등가 불빛들이 번쩍거리고
등을 가로지른 쇠파이프 척추에서
검붉은 녹물이 흘러내린다

황소는 빌딩 숲을 바라보다
화학 공장 옆의 도살장 건물을 바라본다
밤마다 소들의 비명이
뜨거운 쇳물처럼 소용돌이치는 곳
노란 장화 신은 일꾼들이 콘크리트 바닥으로
소머리를 질질 끌고 간다

황소의 콧구멍에서
쇳가루 같은 어둠이 흘러나오고
노란 환각제처럼 달빛이 내리는 밤이다
불빛들이 유령처럼 흐늘거리는 거리를 바라보다
황소는 검은 숨을 푸푸 내쉬며

성큼성큼 도로를 건너 홍등가로 걸어간다

서울의 타잔

명동 한복판에 타잔이 나타났다
야자 이파리 팬티도 걸치지 않은 채 거리를 활보하자
상점 사람들이 우르르 몰려나와 구경한다
빨간 미니스커트 차림의 레즈비언 아가씨 둘이 지나가며
타잔의 구릿빛 궁둥이를 힐끔거린다

21세기 패션 리더 타잔이 콘크리트 밀림을 걸어간다
KFC 뚱보 영감 불알을 툭 치고 지나가는데
흰 가운을 입은 청년 셋이 정신 병원 구급차에서 내린다
밧줄을 들고 타잔을 잡으러 뛰어간다

타잔은 아아아~ 소리를 지르며 달아난다
사이코 마사이 종족에게 또 잡혀가 고문당할까 겁나서
타잔은 겁나게 달아난다
언제 나타났는지 방망이를 든 경찰관 둘도 뒤쫓는다
타잔은 더욱 크게 아~ 아아아~ 소리친다

그러자 갑자기 땅이 쿵쿵 울린다
경찰관과 청년들, 낄낄거리며 구경하던 사람들이

놀란 족제비눈을 하고 일제히 뒤를 돌아본다
지하철역 쪽에서 코끼리 떼가 몰려오고 있다
표범과 사자와 기린이 몰려오고 있다

사람들은 비명을 지르며 달아난다
거대한 코끼리가 구급차를 밟아 찌그러트리고
코뿔소가 경찰차를 들이받아 공중으로 날려 버릴 때
빌딩들 창마다 칡넝쿨이 자라난다
넝쿨들은 코끼리 코처럼 꿈틀꿈틀 뻗어 하늘을 덮고
콘크리트 바닥을 뚫고 열대 식물들이 돋아 오른다
빌딩 숲은 금세 밀림의 늪지대로 변한다

경찰관 둘이 늪에 빠져 허우적거리고 있다
표범이 으르렁거리자 겁에 질린 얼굴로 바들바들 떤다
그때 아~ 아아~ 명동 성당 꼭대기에서
칡넝쿨 밧줄을 타고 타잔이 내려와 표범에게 말한다
잘했다 치타!

당신이 만지면

이 시는 커진다
이 시는 나의 자지니까
자꾸자꾸 만져 봐라
그러면 덩달아
커지는 컵
커지는 돌
커지는 변기
교성처럼 자꾸만 커지는
커지는 벼룩
커지는 의자
커지는 피아노
점점 더 팽팽하게 팽팽하게
커지는 총
커지는 대포
커지는 전쟁
커지는 사체들
당신이 자꾸자꾸 만지면 이 시는
자꾸자꾸 커지다
너의 웃는 가면 낯짝에

백색 탄환을 발사한다
이 시는 방아쇠가 달린 나의 자지니까

코코의 초공간 유머 랜드, 빙글빙글 코스 요리 이야기

횡단보도에 빙글빙글 회전체 식탁이 놓여 있다
0과 1 사이로 난 9차선 시차 도로
피아노가 굶주린 사자의 모습으로 앉아 있고
검은 양복 차림의 고양이와 흰쥐가 마주 앉아
회를 먹고 있다

처음 듣는 해파리 우주 동화 이야기를 주고받으며
흰쥐는 검은쥐의 눈물 섞인 담배 연기를 뿜어 올린다
연기는 도넛 모양으로 돌돌 시간의 코를 휘감으면서
웃음에 목을 벤 아이들 마을로 퍼져 가고

신호등이 빨간 불로 바뀐다
사람들이 지나가며 쳐다본다 둘은 계속
이심률이 점점 커지는 이야기 놀이를 즐긴다
식탁 가운데 장전된 리볼버 권총을 놓고

코스 요리 맛이 일품인 타원체 두 중심,
먼저 이야기를 끝내는 자가 먼저 죽는 거지요?
지나가던 사학과 교수 리얼 픽션 씨가 웃으며 묻는다

신호등이 바뀌자 교수를 먼저 쏴 버린다

도로엔 뇌가 흐르고
엉덩이 살이 장식된 접시가 나온다
흰 차들이 쌩쌩 까마득한 공중의 외곽 도로를 달리고
고양이는 혀로 살을 녹여 이야기를 잇는다
흰쥐는 뽕뽕 담배 연기를 내뿜어 회전 도넛을 만들고

코코의 초공간 유머 랜드, 회전문 콘서트

말을 타고 들어가자 삼백 년 전의 홀이다
객석에 생쥐 다섯 마리가 앉아 있다
생쥐들을 바라보며 고양이 네로가
바이올린을 켜고 있다

미래로 갈 때 먹는
분홍색 아이스크림을 입술 가득 바르고
생쥐들은 R석에서 하늘을 나는 상상을 한다
연주가 끝나면 우릴 잡아먹어도 좋아요!
막내 생쥐 도돌이가 말한다
도돌이는 도돌이표 옷을 입고 있다

네로는 입맛을 다시며 점점 빠르게 연주한다
새침데기 생쥐 달세뇨와 눈이 마주치자 다시 돌아가
피네(Fine)를 찾지만
생쥐 피네는 시간 이동 쥐구멍으로 사라지고 없다

객석은 뱀처럼 휜 공중에 떠 있고
죽음은 왼발을 발발 떨면서 계단 아래 숨어 있기에

말을 S석에 앉히고 나는 B석에 앉아
생쥐들을 위한 마지막 콘서트를 감상한다
머리 위로 콩나물 음표와 물고기들이 둥둥 떠다닌다

연주는 끝없이 반복되고 고양이는 점점 지쳐 간다
생쥐들이 고양이 뇌 껌을 씹으며 노래한다
검은 고양이 네로~ 네로~
껌은 고양이 뇌로~ 뇌로~

문을 돌아 나가자 삼천 년 후의 사막이다
석관에 고양이가 누워 있다
미라로 발견된 네로를 바라보며
연미복 차림의 생쥐들이 바이올린 조곡을 연주한다

코코의 초공간 유머 랜드, 떠다니는 APT

개신동 현대 아파트에서 13층이 서랍처럼 쑥 빠지더니
밤하늘을 둥둥 떠간다
미아동 24층짜리 평화 아파트 옥상에 내려앉는다
2401호엔 정신과 여의사 레비너스가 산다

아침이 되자 하늘에서 벌레 비가 내린다
노란 비는 스멀스멀 아파트 단지 전체를 기어 다니며
벤치를 갉아 먹고 고양이도 갉아 먹는다
여의사의 얼굴 가득 질경이 풀이 돋아 있고
목덜미는 녹색 이끼로 뒤덮여 있다

한 아이가 계단을 오른다
정면으로 보면 뒤통수가 보이는 볼록 거울을 지난다
헤이 코코, 어디 가니?
2501호로 피콜로 배우러 가요
아이는 헐떡헐떡 24층 계단을 올라가 위층으로 사라진다

여의사는 얼른 뒤따라 가 본다
아이는 보이지 않고 옥상 난간에 피투성이 새들이 앉아

있다
　공중을 향해 일제히 입을 벌리고 있다
　어디선가 피콜로 소리 계속 들린다

　저녁이 되자 빌딩 숲 여기저기서
　입에 벌레가 다닥다닥 붙은 사람들이 하나둘 퇴근한다
　여의사 레비너스는 꽃과 거울이 걸린 계단에 앉아
　서류 뭉치를 한 아름씩 안고
　25층으로 올라가는 글자 인간들을 쳐다본다

　밤이 되자 오이처럼 또
　평화 아파트는 층층이 나뉘어져 공중으로 떠간다
　7층은 암동으로 9층은 병동으로 18층은 가자동으로 가고
　24층만 공중에 섬이 되어 떠 있다

까마귀 시계

아침 7시다
눈을 떠 보니 김정각 교수는
까마귀 시계가 되어 거실 벽에 걸려 있다
몸통은 아라비아 숫자판으로
성기는 긴 금속 시계불알로
머리는 까마귀로 변해 있다

나야 나 여기 있어!
아무리 소리쳐도 식구들은 알아듣지 못한다
목구멍에서 차가운 기계음만 흘러나온다
우울하게 침실을 바라본다
카프카 유령이 그의 잠옷을 입고 아내와 자고 있다

서재를 바라본다
이상한 벌레들이 증식한다 벌레들은 모두
멸종된 고대 숫자의 모습을 하고 꿈틀꿈틀 기어다닌다
입으로 항문으로 노란 고름을 흘리며
끈적끈적 집 구석구석으로 퍼진다

얘들아! 아빠 여기 있다니까
더욱 크게 소리칠수록
집 안 가득 금속성 까마귀 소리만 울려퍼진다
방에서 신경질을 내며 큰딸이 나온다
작은딸도 나온다
시계를 향해 사과를 집어 던진다

비가 내린다
갈라진 하늘 틈으로 미역 줄기 흐늘거리고
고장 난 까마귀 시계가 골목 전신주 아래 버려져 있다

갈릴레오 할머니

할머니 할머니 우리 할머니
죽어서도 땅속 하늘을 관찰하시는
갈릴레오 갈릴레이 우리 할머니

할머니 무덤은 할머니 둥근 뒤통수
두 팔은 앞으로 뻗고 얼굴은 땅에 박고
밤에도 낮에도 지구 속을 관찰하시는

갈릴레오 갈릴레이 우리 할머니
시간이 층층이 쌓인 주검의 지층들 뚫고
반대편 지구를 뚫어져라 쳐다보시는

할머니 할머니 우리 할머니
뒤집힌 도시의 뒤집힌 인간들 쳐다보시며
뒤집힌 빌딩 뒤의 뒤집힌 하늘 쳐다보시며

깔깔깔 배꼽 잡고 웃으시는
갈릴레오 갈릴레이 우리 할머니
코코레오 코코레이 코코 할머니

5공간

자정의 사물들

1행은 넥타이다 자정이 되면 뱀이 되어 방을 돌아다닌다
2행은 서랍이다 자정에 열면 하얀 손이 나온다
3행은 벽시계다 자정이 되면 파란 피를 흘린다
4행은 어항이다 자정이 되면 물고기가 모두 귀로 변한다
5행은 수박이다 자정이 되면 머리칼이 자란다
6행은 거울이다 자정에 보면 함몰된 뒤통수가 보인다

초대하지 않은 자

한 동사가 간다
당신이 지금 입은 그 옷을 입고
당신이 지금 기른 그 머릴 하고

한 탈옥수가 간다
당신 얼굴과 똑같은 얼굴이 달린
당신 가슴과 똑같은 가슴이 달린

한 무기수가 간다
붉은 철조망에 눈이 긁힌 그가 칼을 들고
목적어를 제거할 목적으로

목적지를 향해 간다
그는 지금 핏물이 흐르는 얼굴로, 당신의 방
문 앞에 서 있다

이 시의 적정 매매가를 말해 보시오

1연의 첫 문장은 직사각형 모양의 갈색 나무 문이다
손잡이를 돌리면 스위트룸이 나오고
당신의 사체 a가 침대 밑에 쓰러져 있다 창가엔
사체가 매매에 미칠 악영향을 계산 중인 부동산 중개인 X

a의 다리 한 짝이 넘어온 높이 5센티미터 문턱이 2연의
첫 행이다
a의 머리에 벽시계가 떨어져 있고
바늘은 0시 0분을 가리키며 피에 젖고 있다
a의 왼손은 문턱 너머 물소리가 나는 3연 입구를 가리
킨다

그곳은 수증기가 꽉 찬 욕실이다
아라베스크 타일의 욕조에 물이 찰랑거리고 있다
변기 밑에 떨어져 파닥거리는 붉은 금붕어
귀다 샤워기에서 쏟아지는 뜨거운 물이 핏물과 함께

4연으로 졸졸 흘러드는 여름밤이다
4연은 욕실 벽 너머에 있고 이방인 커플이 섹스 중이다

대머리 중개인 X는 매매가 하락을 위조할 사건을 상상
하며
　당신의 사체를 침대 시트에 말아 어디론가 옮긴다

　오렌지 커튼과 타원형 거울 사이 흰 공간이 5연이다
　b가 혈흔을 채취 중이다 갑자기
　5연으로 알몸의 이방인 여자가 뛰어든다
　정말 이상한 모텔이야, 도대체 비상구가 어디야?

　밤의 말은 낮으로 강하 중인 생사의 등시(等時) 곡선
　6연은 어둡다 태아들이
　태어나기 전 자신의 전생을 듣던 녹음실 같다
　5연과 6연 사이는 물로 채워져 있어 음파 전달이 빠르다

　X가 익명의 Y와 함께 7연으로 들어온다
　b가 복도에서 범인의 발 크기를 추정할 때, 공간이 역류
한다
　시간이 역류하고 문장들이 역류한다
　7연이 역류해 2연이 되었다가 다시 7연으로 돌아온 직후

여자는 비상구 계단을 나와 8연 복도로 달린다
8연을 뛰쳐나가자 다시 8연이다
외부로 나갈수록 계속해서 내부로 갇히는 러브 모텔
당신의 사체가 콜걸 포즈로 누워 당신을 기다리는 밀실

b는 9연으로 이동해 1연에서 채취한 최초의 혈흔과
깨진 도자기에서 새로 발견된 핏방울의 성분을 비교 분
석 한다
범인의 이동 경로와 사건의 순서를 역추적한다
그때 b의 옆구리로 칼날이 깊게 들어온다

그 장면을 10연에서 목격하는 여자
여자는 손으로 입을 틀어막고 다시 복도를 달린다
이곳의 질주는 인간의 죽은 꿈에 닿는 한밤의 사이클로
이드 곡선
이곳은 흰 눈썹들이 떠도는 시차의 해저

이방인 여자는 모텔을 빠져나가기 위해 달리고 달린다

그녀가 지쳐 도착한 곳은 지름 11인 11연

그 외부에 지름 22인 원이 있고

그 외부에 지름 33 그 외부에 지름 44인 원이 있고 그
외부에,

무한 원이 여자를 둘러싸고 돌고 돈다

중개인 X와 Y가 건물 전체 평수와 매매가를 위조해

단골 고객인 당신에게 전화하는 동안, 모텔 전체가

최후의 지구처럼 빠르게 자전하고 시공이 또 역류한다

회전체 원뿔 여과기

이 시는 이로 시작하는데
이는 검고 뾰족한 기하학 창, 열어 보면 일요일 광장
붉은 혀 자네가 뱀의 잠을 자고 있다
그것은 꽃다발
그것은 시집
자네는 은폐하고 있다
꽃다발 속에 숨은 꽃 폭탄들
시집 속에 숨은 시신 폭탄들
휴일의 신생아실에 숨긴 평일의 주검들

자네는 자면서 그네를 타고
자네는 깨어나 이 시와 비극적으로 대면하면서
자네는 자네를 계속 자네로
은폐하고 있다

자네는 꿈 없는 세계에서
자네는 세계 없는 꿈을 꾸고 있다
자네는 왜 똑바로 보지 않는가
피와 똥과 음모가 묻은 흰 변기 속으로

둥둥 떠내려가는 이 땅
사월의 파도치는 하늘을, 자네 속의 지네를

그것은 하늘이 스스로 폭로하는
자네의 음흉한 입술이고 사상이고 오물이고
우리의 초상이어서
그것은 자살 직전 폭발물 처리 팀 오 하사가 항문에 숨긴
총알이고 장미고 빙산이어서

그때부터 나의 말은 찻잔 속의 폭풍
그때부터 너의 말은 공항 속의 공황
그때부터 우린 목요일의 목뼈 뒤편 유곽에서
자네와 지네와 그네가 공모해 암매장한
이 땅의 죽음들
이 땅의 폐허들

이 시는 이로 시작해 역으로 끝나는
이역(異域)의 회전체 시이지만
역은 빙원이고 설원이어서 도착해 보면 두려운

사막의 협곡
하얀 뱀 자네가 빨간 잠을 자고 있다

그것은 모래 인간
그것은 멈추지 않는 피, 멈출 수 없는 웃음
그것은 회전체 원뿔 여과기들이 끝없이
살을 파고드는 역

로즈가 로즈로 살던 집 로즈

로즈는 장미가 아니어서, 지붕이 불탄다
울타리가 타고
울타리라는 울타리로부터 불길이 솟고
잠든 로즈가 탄다

잠이 타고 살이 타고
심장의 고동도 목소리도 맥박도 다 타 재가 되고
입술은 날개가 되어
가시 끝에 말라붙어 소리 없이 탄다

이름이 타고
귀가 타고 눈이 타고 손발이 타고
이제 아무도 너의 얼굴조차 알아보지 못하고
뜻을 새기지 않는다

마른 육체에 남은 시간이 타고
나의 시와 간 사이에서 나의 뼈도 타고 꿈도 타고
모든 기억이 타고, 로즈의 뿌리는 죽은 자의 발이 되어
땅속에 축축이 묻힌다

로즈가 로즈로 살던 집 로즈, 기둥이 타고
숨 막히던 숨이 타고
뒤틀린 꽃잎들은 한마디 비명도 외침도 통곡도 없이
대기의 침묵 속으로 날아간다

이제 가까스로 나는 검은 자유에 근접한다
검은 새의 몸에 피처럼 스민다
아무도 본 적 없는
부리도 꼬리도 발도 날개도 없이 유랑하는 새

언어

돌아앉은 까마귀다
내가
펜촉으로 쓰려고
쏙!
꼬리 깃털 하나라도 뽑으면
갑자기 뒤돌아서서
나를 향해
내 이마를 향해
부리를 벌려
탄환을 발사하는 검은 새 트릭스터
내 광대뼈를 타고
턱을 타고
악몽처럼
붉은 밤이 흘러내리는 동안
접힌 날개를 펴고
단숨에
찰나에
내 몸을 통과해
내 심장에 백색 구멍을 남기고

날아가는 새
깃털 가득
어려운 피를 묻힌

피살되는 눈

너의 눈이
꽃의 입술에 닿는
순간
꽃 속에서 자동으로 발사되는 혀
그것은 탄환
비명보다 먼저
흰 빛이 되어 날아오르는 돌
피투성이 새

꽃의 눈이
너의 사태를 목격하는
순간, 몸은 일시적 물이고 동사여서
사태는 증식하고
시간은 피살되어 눈동자부터 증발하는 눈사람
백지 같은 하늘에서
못비가 내리고
날개를 펴고 공중을 향해 날아오는
무덤들

너는 환멸의 문장을 하나 읽게 될 것이다
— 너는 환멸의 문장이다
너는 환멸의 문장을 또 하나 읽게 될 것이다
— 너는 지금 빈칸에서 피살되고 있다
너는 환멸의 문장을 또 하나 읽게 될 것이다
— 너는 네가 증오하는 환멸의 총체다

이 유리의 문장과 함께 너는 금 가고 있다
이 목질의 문장과 함께 나도 불타고 있다

이런 세미나

세미나실에 유명한 명사님들이 모여 계시다
검은 모자를 쓴 시간
외제 바바리코트를 걸친 형식
염소 가발을 쓴 대머리 허구
초조하게 연신 줄담배를 피우는 불안
포르노 만화만 보고 있는 현실
흰 양복을 입고 창가에 서 있는 죽음
머리를 쥐어뜯으며 골똘히 생각에 빠진 미닝 박사
거울만 보고 있는 자폐증 교수 에고에고 박사
모두들 심각한 표정으로 얼굴에 웃음이 없으시다
그때 아름답고 늘씬한 처녀 둘이 들어온다
춤추다와 노래하다
명사들은 놀란다
춤추다의 유연한 몸놀림에 충격을 받는다
노래하다의 매혹적인 목소리에 충격을 받는다
명사들은 몸을 뒤틀며 변하기 시작한다
죽음은 웃고 형식은 춤춘다
불안은 노래하고 시간은 일어선다
대상도 의미도 현실도 자세를 바꾼다

자아와 서정은 함께 자판기로 가 동전을 넣는다
커피를 마시며 야한 농담을 한다
종이 울린다
세미나가 시작된다
나는 논문을 들고 교단에 오른다
시간 씨, 모자 좀 벗어 주시겠어요
대상 씨, 창문 좀 활짝 열어 주세요
미닝 박사님, 백합처럼 환하게 웃어 보세요
내가 주제 발표를 하는 동안
연로한 명사님들이 하나 둘 뒷문으로 나가신다
현실이 슬그머니 일어나 화장실로 간다
죽음이 허리를 숙이고 조용조용 나간다
대상도 허구도 어디론가 사라진다
나는 잠시 창밖을 바라본다
시간이 노란 깃털의 새와 함께 노을 속으로 날아가고
죽음이 어린 미(美)와 공원에서 놀고 있다

디자인하우스 센텐스

어제까지 나는 타임커피숍
그리하여 모레 나는 모래의 집 또는 귀신의 집
그리하여 오늘 나는 틀린 센텐스
스물다섯 개의 눈과 귀가 달린 광기의 디자인하우스
당신은 지금 틀린 센텐스의 1층 틀린 계단을 오르고 있다
당신은 왜 무슨 목적으로 당신의 주검을 검시할
7인의 센텐스에게 목격되는가?

어서 떠나라 난 위험한 센텐스다
당신은 당신이 모르는 사이에 끔찍하게 피살될 수 있다
당신이 2층과 3층을 둘러보는 사이
불길이 솟고 아슬아슬 공중에 걸린 화분들이 떨어져
당신 머리를 덮칠 것이다
나는 불가능한 사건이 반드시 터지도록 설계된 다차원
건축물
당신을 디자인하는 디자인하우스 센텐스다

시계는 0시 0분에 정지했는데 바늘은 계속 돌고 돌아
나는 9시 방향에서 4층을 디자인하고

당신은 6시 방향으로 회전해 3층 욕실을 둘러보고 있다
나는 당신에 의해 당신이 피살되도록 설계된
일곱 개 시공간의 7층 건물이다
당신은 지금, 당신은 지금이라고 읽고 있고
나는 당신이 그렇게 읽도록 당신을 디자인하고 있다

다시 말하지만 떠나라
이 센텐스에서 검은 모자 쓴 모래 인간이 외출하고 있다
그사이 나는 계속 틀린 센텐스다
그사이 나는 계속 엘리베이터를 타원으로 작동시키고
그사이 나는 계속 당신을 주검의 문양으로 디자인하는
디자인을 디자인하는 하우스다
갑자기 덜컹, 엘리베이터가 4층에서 수평으로 멈추고

5층에서 당신의 비명이 울린다
그 비명을 흡수하며 나는 계속 틀린, 평행 우주 센텐스
　비상구 계단 여기저기 발자국이 찍히고 핏방울은 수평
으로 떨어지고
　당신은 계속 이 센텐스를 수직으로 읽느라

당신은 계속 당신을 해부하고 분석하고 추론하느라
5층과 6층 사이로 핏물이 흐르고 당신은 도망치다
당신이 상상할 수 없는 무형의 피살된 주검이 된다

당신은 지금, 당신의 현장을 목격하고
당신은 당신의 죽음을 증언할 유일한 목격자로 남지만
'창에서 비명을 지르며 손을 흔들고 있다'처럼 당신은
영원히 센텐스 속의 삭제된 주어다
창밖 어둠 저편에 똑같은 건물들이 보이고
무수한 센텐스 속 당신의 주검을 바라보는 무수한 당신
당신은 이 불길한 센텐스의 삭제된 마침표고 물음표다

천천히 돌아보라 발소리 없이 다가오는 내일처럼
당신의 등 뒤에 권총 쥔 모래 인간이 지구본을 들고 서
있다
구멍 난 당신의 두개골이다 당신은 언제나
'뒤틀린 방향과 시간의 굴절 속에서 파괴된 디자인하우
스다'이다
그리하여 나는 내일까지 타임커피숍

그리하여 모레 세계는 우주는 모래의 집 귀신의 집
그리하여 나는 오늘 똑바로 틀린 센텐스

목련 공원, 열세 개의 종이 무덤

「뱀장어」(2001년 『애지』 겨울호)

「미녀에게 없는 마녀의 점」(2008년 『문학동네』 봄호)

「당신이 만지면」(2009년 『문장웹진』 10월호)

「백 년 동안의 웃음」(2005년 『현대시학』 10월호, 제목 변경)

「낱말 케이크」(2008년 『문장웹진』 5월호)

「비행 소년 행갈이의 비행 때문에」(2006년 『현대시』 5월호)

「너무도」(2004년 『다층』 봄호)

「바짝 마른 김」(2007년 『현대시학』 3월호)

「서울의 타잔」(2009년 『문학과 사회』 봄호)

「발발이 아줌마는 바빠」(2008년 『애지』 가을호)

「새를 위한 목적어 침대」(2008년 『시사사』 9~10월호)

「이런 세미나」(2003년 『다층』 여름호)

「불꽃놀이 축제」(2006년 『현대시』 5월호)

시가 창턱에 기대어 혼잣말하다

나는 공중에 떠 있는 배다 점심에
나는 파도가 일렁이는 나뭇가지에 앉아 있다 저녁에
나는 떠난다 막 태어나 울음을 터트리는 지진
나는 어둠 속에서 실눈을 뜬다 새벽에
나는 쏟아지는 빛이다 날개다

나는 호수 속 달이다 누군가의 눈동자
나는 수몰된 마을이다 물속 태고의 하늘이다
나는 계속 갈라진다 끊임없이 지옥으로 떨어지는 폭포
나는 난다 검은 날개를 휘저어 눈 덮인 계곡을
나는 집이다 주홍색 부리가 달린 새

나는 빙벽이다 불이다 훨훨 춤추는
나는 알몸이다 얼음 속에서 파랗게 이글거리는 눈동자
나는 나를 쪼개는 결빙이고 영하 40도의 혹한이다
나는 핏줄이 없다 가계가 없다
나는 어휘 인간, 철봉을 빙빙 도는 체조 소녀다

나는 바깥이다 안이다 아니다

나는 드라이아이스다 너의 눈과 가슴을 깨는 도끼다
나는 설원을 달리는 열차고 망령 든 역이다
나는 계속 탄다 탄다
공중에서 땅에서 지하에서 그을음 없는 불
나는 영원히 도착하지 않는 출발이다

프랙털 센텐스 아트

박상수(시인, 문학평론가)

잠재된(실종된) 언어를 발명하는 시

나에게 함기석은, 염소는 반드시 염소라고 불러야 한다고 가르치는 국어 선생님을 달팽이로 만들어 버린 시인(『국어 선생님은 달팽이』, 1998), '뽈랑 공원'에서 '뽈랑 담배'를 피우다가 '석기함'에 재를 떨자 석기함이 '새'로 변하여 문장을 박차고 날아가는 시를 쓰는 기발하고 재미있는 시인(『뽈랑 공원』, 2008)으로 기억된다. 물론 『착란의 돌』(2002)이 선사한 섬뜩한 환각의 세계도 '무섭게' 좋아하며, 수학적 상상력을 그야말로 최대치로 끌어올려 전면화한 『오렌지 기하학』(2012)의 기이한 다차원의 대칭적 세계나, 삶의 슬픔이 기호의 추상 세계를 현실 쪽으로 좀 더 무겁게 끌어내린 『힐베르트 고양이 제로』(2015)도 잊을 수 없는 시집으로 남아 있다. 어떻게 한국에서 이런 시인이 나올 수 있었을까, 하는 마음을 오래전 한 시인은 이렇게 먼저 표현한 바 있다. "함기석의 시는 발명의 시다. 운율이나, 언어 사용, 시 장르에 대한 자기 나름의 천착이 모두 남다르다. 한국 시사를 둘러봐도 이만한 발명은 드물다. (……) 소위 21세기 들어 새롭다는 평가를 받은 시인치고 함기석을 딛고 가지 않은 시인이 있으랴"(김혜순, 『뽈랑 공원』, 추천의 말)는 말을 읽었을 때는 비로소 함기석이 그의 작업에 걸맞는 평가를 받은 것 같아 혼자 뿌듯해하기도 했었다. 이제 여섯 번째로 발간되는 이번 시집의 시편들을 읽으며, 지치지 않는 생산력으로 그가 여전히 시를 '발명'해 나가고 있음을 확인한다.

혹시나 함기석의 시를 처음 접하는 독자들을 위해 다음과 같은 설명을 덧붙여 보려 한다.(그의 애독자라면 이 대목을 건너뛰어도 좋다.) 아주 단순하게 말하자면 일상적 언어는 상투적 의미를 실어 나르거나 추구하는 반면 시의 언어는 이를 성찰하여 새로운 의미를 만들어 낸다. 그럼에도 (일반적인) 시 역시 '의미'를 추구한다는 사실에는 변함이 없다. 만약 '의미' 자체를 의심한다면? 의미는 잠깐 나타났다 다른 의미로 교체되는 순간적이고 유령 같은 것이 아닌가. 그걸 믿을 수 있을까. 우리는 언어가 아니고서는 사물과 만날 수 없고, 사물과 만난다는 것은 의미로 연결된다

는 것이지만, 언어는 필연적으로 사물을 왜곡하기에 사물
은 호명되는 동시에 죽음을 맞이하게 된다.

함기석은 석기함일까

언어에 관심을 갖고 있는 사람이라면 익히 알고 있는 이
런 이유로 함기석은 언어를 통해 사물에 닿으려는 우리의
언어 사용 과정을 곧잘 '실종 현장', '살인 사건 현장'에 비
유해 왔다. 함기석 시에 등장하는 '실종·살인 사건 현장'은
실제 살인 사건이 아니라 '사물-언어 실종·살인 사건 현
장'이다. '함기석'을 '함기석'으로 부르는 순간 함기석의 몇
가지 의미가 떠오르지만 그건 곧 사라지고 호명되지 못한
무수한 함기석은 활성화되지 못한 채 실종되거나 살해당
해 죽음을 맞이한다고 봐도 좋겠다. '함기석'이라는 '기호'
가 실제 '현실의 함기석 시인'을 제대로 가리키고 있는 것
인지도 의문스럽다. 게다가 함기석은 언제든 '석기함'이 될
수도 있을 텐데, 이런, 그렇다면 석기함은 뭘까? 석기함도
함기석일까? 당신이 잠깐 멈칫하고 고민에 빠졌다면, 당신
의 일반적인 언어 동작 회로에 버그가 발생한 것이다. 우리
대다수는 언어와 사물 간의 간극을 '없는 것'으로 간주하
며 매끄럽게 언어 활동을 해 나가지만 어떤 사람들은 아주
예민하기 짝이 없어서 이 간극을 거대한 '크레바스'로 이해

하기도 하며, 그래서 자주 멈춰 서서, 깊은 구멍을 내려다보며 실종된 언어들을 무수히 발굴하고 심지어 발명해 내는 것을 자기 사명으로 삼기도 한다. "나는 원 너는 긴 생머리의 투, 우린 무한 지름 천체"(「세 개의 격자 눈이 혼색된 유머 세계-composition I」)와 같이 '원투'라는 평범한 단어 사이에도 무한한 지름을 가진 천체가 존재한다고 믿는 사람도 있는 것이다. 이 예민함이 누군가를 시인으로 만들고 우리는 시인들의 눈을 통해서 이 세계를 다시 본다.

어떻게 불러도 사물은 왜곡되지만, 왜곡된다고 절망하지 않고 왜곡의 무한한 변주를 펼쳐 나가는 것이 오히려 자유의 길일 수도 있음을 시로 보여 주는 것이 함기석이다. 이 대목은 중요하다. 언어에 대한 절망은 어찌 보면 상당수 시인이 공유하는 공통 감각이기도 해서 중요한 것은 절망 이후에 어떤 방식으로 대응하느냐는 것일 텐데, 함기석은 함기석이라는 기호가 언제든 석기함으로 변할 수도 있음을 수용함으로써 절망 이후를 헤쳐 나온 것 같다. '사물 실종·살해 사건'에서 자유로워지기 위해 잘 알려져 있듯이 함기석은 수학적 상상력을 끌어들인 바 있으며 '위상수학'이나 '기하학'을 상상력의 중요한 거점으로 사용하였다.(이에 대한 자세한 설명은 『오렌지 기하학』에 실린 조재룡의 해설을 참조해 주시길!) 아마도 이 대목이 함기석을 다채로운 한국 시단에서도 유니크한 시인으로 만든 가장 인상적인 배경일 것이다.

정지 마찰보다는 운동 마찰

함기석을 깊이 이해하기 위해서 그가 사용한 수학의 중요 개념을 다시 살펴보는 일도 의미있는 일이겠지만 아마도 그렇게까지 해서 시집을 읽으려는 사람은 많지 않을 것이기에 그의 산문집 『고독한 대화』(2017)를 같이 읽기를 추천하지만, 이 또한 만만치 않은 일이다. 산문집에 등장한 몇 가지 흥미로운 용어들을 조명하여 함기석의 이번 시집과 자연스럽게 견주어 보면 어떨까. 이는 치밀한 시론을 가지고 있는 시인들에게 어울리는 독법이기도 하다. '시론'과 '시'가 어떻게 만나고 어디서 헤어지는지를 살펴보는 재미라고 할까. 함기석은 "언어와 사물이 붙어 있을 때 생기는 정지 마찰보다 상호 미끄러질 때 생기는 운동 마찰을 나는 주목한다."(51쪽)고 밝힌 바 있는데 그의 말처럼 함기석 시의 인상적인 특징 중 하나가 바로 사물과 언어, 언어와 언어가 계속 미끄러진다는 점에 있다. 여기부터 살펴보자.

새가 난다
쉴 곳을 찾아 도시 상공의 1연을 난다
다음 문장의 공원으로 날아간다
도착해 보니 도축장이다
다음 문장의 놀이터로 날아간다
도착해 보니 사격장이다

포수가 총을 들고 서 있다
새는 놀라 도망친다

새가 운다
날개 아픈 새가 쉴 곳이 없어 운다
병원 창가 2연에서 휠체어 탄 아이 코코가 바라본다
외로운 새에게 말한다
외톨이 새 아무야 울지 마! 새가 날면 주어가 날아
얼룩말이 날고 주전자가 날아
우체통도 날고 집도 나무도 젖소들도 함께 날아

새가 웃는다
지친 새가 구름 옆의 3연에서 웃는다
아이는 새를 위해 아이는 새를 위해 선물을 놓는다
까마득한 공중에 살며시 목적어 침대를 놓는다
침대 곁에 풍금을 놓고 나팔꽃 화분을 놓는다
새가 환하게 웃는다

—「새를 위한 목적어 침대」에서

앞서 말한 것처럼 함기석은 '언어-사물'의 행복한 조화(정지 마찰)란 거짓에 불과하다고 믿고 있기에 거짓을 더욱 정교하게 만들거나 아예 좌절하기보다는 차라리 둘 사이의 벌어진 틈에 주목하여 언어의 크레바스 위에서 노는 쪽

(운동 마찰)을 선택한다. 인용 시에서 쉴 곳을 찾아 도시 상공의 1연을 날던 새는 함기석 특유의 '차원 이동술'을 따라 3차원 현실과 2차원 지면을 넘나든다. "새가 난다/쉴 곳을 찾아 도시 상공의 1연을 난다"는 문장이 바로 그것인데 '새가 난다/쉴 곳을 찾아 도시 상공의~'까지 문장을 읽으면 우리는 자연스럽게 '실제 3차원'의 어떤 도시 상공을 날아가는 새를 떠올린다. 하지만 사실 그것은 언어가 만들어 낸 (자동화된) 환각에 불과하다.

그럼에도 상당수 시인들은 이 '새'를 좀 더 현실감 있는 존재, 새로운 은유나 상징적 의미를 가진 무언가로 만들기 위해 다양한 고민을 더하고 언어를 조탁한다. 독자 역시 이 조탁에 반응하여 어떤 시를 읽으면서 마치 평소 설명할 수 없었던 자신의 내면이 거기 고스란히 재현된 것처럼 놀라며 기뻐하고 또 위로를 얻기도 한다. 생각해 보면 놀랍지 않은가? 사물은 거기 없는데, 사물을 대리하는 추상 기호들의 조립으로 우리는 같이 울고 같이 기뻐한다. 함기석은 이 부분에서 클로즈업해 들어가기보다는 줌아웃해서 바깥으로 빠져나오는 쪽을 선택한다. 이렇게 되면 재현과 재현을 기술하는 언어에 거리를 두고 좀 더 성찰적으로 들여다보게 된다. "1연을 난다"는 문장이 개입하는 순간, 방금 전 새가 날던 풍경이 2차원 종이 위에 기술된 「새를 위한 목적어 침대」라는 시의 1연에 불과함을 뒤늦게 자각하게 되고 언어가 만들어 낸 환영의 진지한 몰입 효과는 깨져 버린다. 이것은 언어의 일반적 주문에서 풀려나는 기쁨을 선사하는 행동이기도 하여서 이제 함기석은 사물-언어의 비정합적 상태를 오히려 상상력의 운동 에너지로 전환한다.

함기석의 언어, 함기석의 시는 계속 움직인다. 예를 들어 "숲을 그린다 연필 대신/ 밑으로 샘을 그린다 물감 대신/ 밑으로 오솔길을 그리고/ 연두색 바람을 그린다/ 화실 문을 열고 아이가 들어온다/ 아이는 빈 물통을 들고/ 그림 속 숲으로 들어간다"(「빼세 약수터 가는 길」)처럼 그의 시를 읽다 보면 모든 것이 움직이고 있음을 확인하게 된다. 인용 시에서도 "다음 문장의 공원으로 날아"갔더니 그곳은 "도축장"으로 변하고, 다시 다음 문장의 "놀이터"로 날아갔더니 어느새 그곳은 "사격장"으로 바뀌어 있다. 언어의 불완전함 속에서라면 새가 쉴 곳은 어디에도 없는 셈이고, '공원→도축장', '놀이터→사격장'의 변화에서도 알 수 있듯 운동 마찰의 끝에는 '죽음'이 기다리고 있을 뿐이다. 그러나 여긴 기호의 세계. 기호의 세계라는 말은 추상화된 세계라는 말이다. 추상화되었다는 이야기는 물리적 세계의 압력으로부터 훨씬 자유롭다는 말도 된다. "휠체어 탄 아이 코코"가 등장하여 "새가 날면 주어가 날아/ 얼룩말이 날고 주전자가 날아/ 우체통이 날고 집도 나무도 젖소들도 함께 날아"라고 말할 때, 여기에 어떤 현실적 정합성과 설득력을 높이기 위한 노력이 전제되어 있는 것은 아니다. 오히려 '새가 난다'라는 문장에 집중하여 이 문장을

'새가 날면~'이라는 조건절로 바꾸어 내는 미묘한 '센텐스 전환'이 있고, 이 문장을 다시 '○○이 날면'이라는 추상화된 규칙의 일반화로 전환하는 '디자인'이 있다고 말해야 정확하다. 이제 주어의 자리에는 뭐든 올 수 있다는 가능성이 열리면서 얼룩말도, 주전자도, 우체통도, 나무도, 젖소들도 함께 날 수 있게 된다. '얼룩말→주전자→우체통→나무→젖소'로의 변화는 다분히 무의식적이고, 언어의 자율성에 기댄 자유 연상의 결과이다. 기호의 세계에서는 이런 발상이 언제든 가능하다. 이처럼 주어의 대체가 발생하면 당연히 의미는 약화되고, 은유나 상징과 같은 의미 작용(정지 마찰)도 적극 지연된다. 반면 리듬이 부각되고 이미지의 빠른 전환이 속도감을 만들어 내며 함기석의 시는 어느덧 사물과 이미지가 허공을 날아다니는 천진한 동화 같은 작품으로 변모한다. 함기석 시의 화자가 철이 들지 않은 아이 같은 발랄함을 견지하게 되는 것은 함기석에게 그런 경향이 내재된 때문이기도 하겠지만 언어의 자율성에 힘을 실어 준 결과, 거꾸로 시의 화자가 언어의 영향을 받아 발랄하고 더욱 천진해진 것이라고 말할 수 있겠다. 언어와 주체의 상호 되먹임 관계라고나 할까. 이런 화자여야 언어를 타고 더 자유롭게 놀 수 있다.(하지만 때로 이 아이는 '아픈 아이'고, 어떤 시의 풍경은 아픈 아이가 꿈꾸는 슬픈 동화처럼 읽히기도 한다.) 마침내 휠체어 탄 아이 코코가 지친 새 옆에 침대를, 풍금을, 화분을 놓아 주는 사건으로 인용 시가 이

어질 때, 이것은 그야말로 '새를 위한 목적어 발명'인 셈이며, 바로 '죽음의 위기에 내몰린 새(언어)'를 시를 통해 잠시나마 구원해 보려는 함기석의 운동 에너지가 투영된, '센텐스(문장/문구/말/글/선고/처벌하다) 디자인'인 셈이다.

시간을 개입시켜 4차원에서 보기

우리는 우리가 언어를 쓰고 있다고 믿지만, 잘 들여다보면 언어가 우리를 쓰고 있다. 극단적으로 말하자면 우리는 우리가 쓰는 언어의 효과일 뿐이다. 하지만 언어학의 공리처럼, 기본적으로 기표 S1은 혼자서 의미를 만들어 낼 수 없고 또 다른 기표 S2와의 '차이' 속에서 잠깐 불완전한 의미를 만들어 낼 뿐이다. '함기석'이라는 기표 옆에 '석기함'이 오느냐 '오렌지'가 오느냐에 따라 함기석의 의미는 달라지고, 오렌지 곁에 다시 또 어떤 기표가 오느냐에 따라 의미 결정은 끝없이 지연된다. 이렇게 보자면 S1은 S2에 의존할 수밖에 없는데, S2 역시 완전하지 않아서 또 다른 S3를 요청하게 되고 S1 → S2 → S3 → ⋯⋯Sn으로 이어지는 무한한 연쇄가 발생한다. 이미지적으로 말하자면 언어는 차이를 만들어 내는 기표들이 모인 '그릇'이 아니라 기표들이 자꾸만 어디론가 빠져나가는 '모래시계'와 같은 것이다. 결론적으로 언어라는 것은 '완벽한 전체'가 아니고 영원히 어딘가 '부족한 전체'라는 말일 텐데(또 다른 기표에 끝없이 의존해야 하니까) 언어의 효과로 존재하는 우리도 이처럼 불완전한 사슬 속에서 존재의 의미를 결정짓지 못하고 영원히 미끄러질 뿐이라는 것이 정신분석학의 오래된 전언이기도 하다.*

그럼에도 불구하고 언어의 사슬 속으로 들어가야 겨우 죽음을 유예할 수 있다는 것이 우리의 영원한 딜레마이다. 말하고 쓰지 않는다면 어떠한 차이, 어떠한 의미도 만들어 내지 못하고 무시무시한 공허, 무(無)에 잡아먹히고 마는 것이다. 그런 이유로 언어에 관한 앞선 정리는 인식론이기도 하면서 존재론이기도 하다. 우리가 때로 다음과 같은 시를 읽을 때, 언어의 자율성과 물질성을 중시하는 함기석의 존재론이 어디를 가리키고 있는지를 확인할 수 있다.

어떤 문장은 가스 덩어리다 수소와 헬륨으로 이루어져 있다 핵이 없다 내가 라이터 불을 대면 그 즉시 폭발하여 내 얼굴을 태워 버린다 눈을 태우고 귀를 태워 버린다 그런 밤

어떤 문장은 촛불이다 타오르는 파도고 노래하는 풍랑이다 어떤 문장은 청색 멀미를 일으키고 어떤 문장은 스스로를 문장 밖으로 내쫓아 아름다운 숲이 된다 그런 밤

* 임진수, 「S(A̷)」, 『네 가지 담화』(파워북, 2010), 152~156쪽, 참조.

(······)

　나는 나라는 3차 방정식의 세 허근이다 시간은 계속 자신의 몸을 사방으로 끝없이 늘여 좌표 평면이 되고 있다 무한의 우주가 되고 있다 그런 밤

　지구는 하나의 점, 화성도 목성도 토성도 우주를 뛰노는 모래알 삐삐들, 밤하늘엔 흰 고래들만 헤엄쳐 다니고 어떤 문장은 문장이 없다 입이 없다 항문이 없다 그런 밤

　돌이켜 보면 나의 삶 또한 한 장의 창백한 백지였다 발을 찾아 떠돌던 외발의 펜이었다 그런 밤 나는 해저에서 어떤 문장을 가져온다 그곳은 너의 눈동자 물의 침실 아픈 새들의 둥지

(······)

　어떤 문장은 약에 취해 있고 어떤 문장은 칼에 찔려 쓰러져 있고 어떤 문장은 모든 기억을 잃어 표정조차 없다 그런 밤 아무 말도 할 수 없는 그런 밤

　　　　　　　　　　　　　—「평행선 연인」에서

　보통 함기석의 시는 시적 화자의 내면과 서정을 거의 드

러내지 않지만 인용 시는 조금 다른 것 같다. 물론 처음 시
작은 익숙하다. 구체적인 사물들에서 삼각형, 사각형, 마름
모 등의 도형을 추상화하여 그렇게 추출한 도형으로 구체
적 사물들의 세계를 아우를 수 있는 사유를 진행하는 기
하학처럼 함기석은 문장의 구조를 추상화하여 추출해 내
고, 그것을 일반 법칙으로 만들고, 다시 그것을 이리저리
변형시키면서 '주어/목적어/서술어'의 자리를 교체하거나
형식 자체를 아예 다르게 반죽하여 다양한 이미지들을 실
현한다. 최초의 모티브는 자기 유사성을 지닌 프랙털 도형
처럼 반복·변주된다. 핵이 없는 가스 덩어리와 같은 문장,
촛불 같은 문장, 파도이면서 노래하는 풍랑 같은 문장, x축
이 되고 y축이 되고 2차원 방정식이 되는 그런 문장들. '어
떤 문장은 ○○○이다'와 같은 모티브를 기본형으로 삼아
일종의 프랙털 도형처럼 이를 반복하고 변형시켜 빈자리에
언어의 자율성에 기댄 단어들을 넣는 방식으로 시를 증폭
시켜 나간다.(시인은 스스로 "프랙털 언어 아트"(『고독한 대화』,
224쪽)라는 표현을 쓴 바 있다.)

주목할 지점은 "시간은 계속 자신의 몸을 사방으로 끝없
이 늘여 좌표 평면이 되고 있다 무한의 우주가 되고 있다
그런 밤"과 같은 문장이다. 함기석 시의 특징 중 하나는 이
처럼 우리가 살고 있는 3차원의 세계에 '시간'을 개입시켜
4차원의 세계로 만들어 내는 점에 있다. 3차원에 존재하는
인간은 2차원에 그려진 원의 내부를, 굳이 원을 찢지 않고

도 만질 수 있다. 2차원 존재에게 3차원 인간의 이런 행동은 상상할 수 없는 충격적인 행동일 것이다. 마찬가지로 4차원에 있는 어떤 존재는 3차원 인간의 심장 같은 것은 인간의 살을 찢지 않고도 만질 수도 있지 않을까? 마치 달걀을 깨지 않고도 노른자를 외부로 빼낼 수 있는 신기한 마법이 일어나는 것처럼. 4차원이 개입되면 이처럼 완전히 다른 차원의 새로운 시야와 가능성이 열린다.

하지만 보통의 인간은 그런 시야를 갖지 못한 채 당장 눈앞의 현실 문제를 해결하며 살기에도 벅차다. 함기석은 이처럼 자신을 포함하여 3차원을 살아가는 존재를 시간이 개입된 4차원의 관점에서 살펴봄으로써 우리 감각의 한계를 확장시키고 시적 표현의 일률적 한계를 돌파해 내는데 탁월하다. "내가 잠든 사이 작은 아이가 몰래/ 우주 저편 알파 켄타우루스 이삿짐센터에/ 전화를 걸었나 보다 노름(norm) 공간/ (……) / 여기가 어디요?// 몰라몰라!/ 만취해 코가 빨개진 외계인 인부 벡터가/ 시간을 녹여 발효시킨 이상한 술을 권하며/ 머나먼 지구를 가리킨다/ 코딱지만 한 옥상에서 아이들이 손을 흔들고 있다/ 아빠 안녕! 굿 바이!"(「몰라몰라 행성」)와 같은 시점 전환도 그래서 가능해지며 "차원이 뒤틀린 잠 속에서 꿈을 꾸며 당신은 지금/ '당신은 지금 당신을 꿈꾸고 있다'고 읽고 있다/ 그렇게 당신도 나도/ 과거와 미래로, 그 균열의 크레바스로"(「타임커피숍 센텐스」)도 그래서 가능해진다. 이렇게 관찰

시점의 차원 이동이 일어나면 2/3/4/⋯/n차원이 뒤섞이거나 우리가 인식하는 세계의 규모가 완전히 달라질 수 있고, 그때 인식하는 세계의 가능성은 어쩌면 무한에 가까워질 수도 있다.

　반대로 4차원의 관점에서 3차원의 인간과 (그 인간이 인식하는) 세계는 어쩌면 너무나 소소하게 보일 수도 있겠다. 인용 시에서도 함기석은 "지구는 하나의 점"이거나 "화성도 목성도 토성도" 일종의 모래알처럼 보일 수 있음을 시적 이미지로 보여 줌으로써 드물게도 서정적인 감정에 사로잡힌다. 우리가 최선을 다해 겨우 살아가고 있는 이 삶은 4차원에 살고 있는 존재에게는 "한 장의 창백한 백지"일지도 모르는 것이다. 따라서 죽음을 유예하는 기호의 유희를 벌이는 함기석에게도 어느 순간 허무는 벗어날 수 없는 감정이 된다. "그런 밤 나는 해저에서 어떤 문장을 가져온다 그곳은 너의 눈동자 물의 침실 아픈 새들의 둥지"라는 말에서도 알 수 있듯이 바로 이렇게 허무한 어떤 순간에 다시 센텐스로 돌아올 수밖에 없는 것이 인간이며, 시인이기도 하다는 점이 우리를 "아무 말도 할 수 없는 그런 밤" 속에 가만히 멈춰 있게 한다.

의미 있는 시가 하도 지겨워 의미 없는 시를 쓴다

언젠가 함기석은 이런 말을 한 적이 있다. "수학자는 시선의 중심을 관찰 대상인 사물에게도 관찰자인 자기 자신에게도 두지 않는다. 그들은 사물과 사물, 관찰자와 관찰자, 현상과 기호, 기호와 논리 사이로 시각을 이동시켜 그것들의 관계와 틈을 그 결과물을 추상 기호로 일반화한다."(『고독한 대화』, 193~194쪽) 만약 이 문장의 주어를 '시인'으로 바꾼다면 어떻게 될까? '내가 생각하는 시인은 시선의 중심을 사물에게도, 화자인 자신에게도 두지 않는다. 시인은 사물과 사물, 관찰자와 관찰자, 현상과 기호, 기호와 논리 사이로 시각을 이동시켜 이들의 관계와 틈, 또한 그 결과물을 추상 기호로 일반화한다. 그리하여 그것들의 방정식을 풀고, 그것들을 가지고 유희한다.'라고 정리할 수 있지 않을까. 이것은 아마도 함기석이 생각하는 시와 시인에 관한 훌륭한 정의일 수 있을 것이다.

함기석의 시를 읽으며 때로는 그가 사물에 대한 구체적인 감각과 동시대 현실에 대한 관심, 관찰자인 자기 자신의 내면과 서정 등을 잘 드러내지 않은 것에 아쉬움을 표하는 독자가 있을지도 모른다. 이것은 그 시선의 중심이 '구체적 현실과 사물 그 자체'에 있기보다는 '추상화된 기호와 논리의 이미지화'에 집중되어 있기 때문에 발생하는 자연스러운 결과로 이해하는 것이 함기석의 시를 즐기는 방법이 될 것이다. 이렇게 시를 쓰며 살아가는 삶은 어떨까? 함기석은 그에 대한 대답도 마련해 둔 바가 있다. "의미 있는 시가 하도 지겨워/ 의미 없는 방정식을 푼다/ (……) / 그런데 아무리 풀어도 해답이 없다/ 그런데 그것이 해답인 방정식/ 그런데 그것이 해답인 나의 삶"(「파스칼 아저씨네 과자 가게」, 『뽈랑 공원』) 의미 있는 시로 가득한 세계에서, 그는 '프랙털 센텐스 아트'를 '반복'하며, '해답 없는 삶을 살아가는 해답'을 추구한다. 이 깔끔한 답에도 불구하고 만약 함기석이 어떻게 해도 추상화할 수 없는 유일한 존재, 관계, 타자성과 다시 대면한다면, 어떤 시를 쓸지 상상해 보기도 한다.

만약 함기석 앞에 축구공이 떨어져 있다면 그는 축구공을 들어 뻥 차는 대신 축구공에 들어 있는 오각형 열두 개와 육각형 스무 개를 스캔한 뒤 오각형과 육각형이 들어 있는 무수한 다른 사물들을 상상하며 그것들의 관계를 이미지화하고, 추상 공간에서 그것들을 이리저리 잡아당기거나 접으면서 놀 것이다. 만약 그의 앞에 루빅스 큐브가 있다면 그는 큐브를 이리저리 돌리면서 거기 내재되어 있는 규칙을 찾아내려 할지도 모른다. 아니라면 루빅스 큐브로 가능한 모든 배열을 한 번씩 다 돌려 보는 데 우주의 나이보다 긴 1,500조 년이 걸린다는 것을 떠올리며 어떻게 하면 그 시간적 개념을 시로 이미지화할 수 있을지 고민할 수도 있다.* 함기석 이후의 어떤 후배 시인들이 함기석의 자산을 부분적으로 물려받았을지도 모르지만 함기석처럼 사유하고, 상상하고, 유희하는 시인은 지금도 여전히 함기석이 유일하다.

* 라파엘 로젠, 김성훈 옮김, 『세상을 움직이는 수학개념 100』(반니, 2016), 73~76쪽, 참조.

지은이 함기석

1966년 충북 청주에서 태어나 한양대학교 수학과를 졸업했다.
1992년 《작가세계》로 등단했으며 시집 『국어선생은 달팽이』
『착란의 돌』 『뿔랑 공원』 『오렌지 기하학』 『힐베르트 고양이 제로』,
동시집 『숫자벌레』 『아무래도 수상해』, 동화 『상상력학교』
『코도독 비밀탐정대』 『야호 수학이 좋아졌다』 『황금비 수학동화』
『크로노스 수학탐험대』, 시론집 『고독한 대화』,
비평집 『21세기 한국시의 지형도』 등을 출간했다.
박인환문학상, 이형기문학상 등을 수상했다.

디자인하우스 센텐스

1판 1쇄 펴냄 2020년 3월 17일
1판 2쇄 펴냄 2020년 7월 16일

지은이 함기석
발행인 박근섭, 박상준
펴낸곳 (주)민음사

출판등록 1966. 5.19. (제16-490호)
서울특별시 강남구 도산대로1길 62(신사동)
강남출판문화센터 5층 (06027)
대표전화 02-515-2000 / 팩시밀리 02-515-2007
www.minumsa.com

ⓒ 함기석, 2020. Printed in Seoul, Korea

ISBN 978-89-374-0889-2 04810
       978-89-374-0802-1 (세트)

• 이 책은 2018년 서울문화재단 문학창작집 발간사업의 지원을 받았습니다.
• 잘못 만들어진 책은 구입처에서 교환해 드립니다.

민음의 시